脚本・岡田惠和
ノベライズ・蒔田陽平

●●

続・最後から二番目の恋

JN138373

扶桑社文庫
0849

本書はドラマ『続・最後から二番目の恋』のシナリオをもとに小説化したものです。

小説化にあたり、内容には若干の変更と創作が加えられておりますことをご了承ください。

なお、この物語はフィクションです。実在の人物・団体とは関係ありません。

本書は2014年6月に扶桑社より刊行した単行本『続・最後から二番目の恋』を文庫化したものです。

第1話　大人の青春って、始末に負えない

鶴岡八幡宮《つるがおかはちまんぐう》の表参道である若宮大路は、幅の狭い道の両側に植えられた桜木の枝が手をつなぐように張っており、花の盛りの今はまるで桜のトンネルのようになる。そのトンネルの下を吉野千明《よしのちあき》と長倉和平《ながくらわへい》が並んで歩いている。

一陣の突風が枝を揺らし、桜吹雪がハラハラと舞った。

あ……フラワーシャワーみたい。

千明がそんなふうに思ってしまったのは、ふたりが向かう先が結婚式場で名高い鶴ヶ岡会館だからだろう。鎌倉の結婚式といえばここことすぐに思い浮かぶくらい伝統と格式があり、地元の人びとにもなじみ深い式場である。

長倉家は代々ここで結婚式を挙げており、当然のように和平と亡き妻との結婚式もそうだったと弟の真平《しんぺい》から聞いている。

式場を見学しながら、千明はふとそのことを思い出し、言った。

「でもあれですよね。若かったんですよね、その……ここで結婚式したときは」

「私ですか？　結婚したとき？　当たり前じゃないですか」とムッとしたように和平が答える。

「いや、若者だったときの姿が想像できなくて……若かったこともあるんですよね」

「失礼な。ナウい若者でしたよ。湘南ボーイですよ。タッキーニの青いベストとかボートハウスのトレーナーとか着てましたよ」

和平とは同世代だから当時の湘南ボーイの格好は知っている。ただ十代の和平の顔がどうしても思い浮かばず、今の生真面目な横分けのおじさん顔を湘南ボーイのイメージに重ねてしまう。

「やめてやめて、想像したくない」

腹を抱える千明に、和平の眉間のシワがさらに深くなったとき、ウェディングプランナーの女性がやってきた。ふたりを打ち合わせの席へと案内する。

「このたびはおめでとうございます」

彼女の言葉に、千明は二年前、鎌倉に引っ越してから和平を筆頭とするお隣さん、長倉家との出会いと、それをきっかけに起こった数々のファンキーな出来事を思い出す。

「本当に、ねえ……まさかの展開で」

感慨深げに言う千明に、和平は返した。

「あ、そうですか？　私はそうでもなかったですけどね」

「本当ですか？」

「そうなればいいなって。去年くらいからですね」

「へえ」

「あれですね。ドラマとか作ってるわりに、読みが甘いですね」

「はい？　ちょっとカチンときましたけど、こういう場ですからね。やめましょう」

「そうですね。すみません」

そのとき、プランナーが愛想笑いを浮かべながら訊《たず》ねた。

「え～、ご新郎様のご両親様でよろしかったでしょうか？」

「は？」と千明の顔色が変わる。「ちょっと待ってください。違うでしょ!?」

そんな年齢ではない、と千明が猛抗議する。

「え？　あ……申し訳ございません！」

和平は込み上げてくる笑いをどうにかこらえ、千明を落ち着かせる。

「まぁまぁ、抑えて抑えて。こういう場所ですし」

「ハハハ……そうですね。ハハ、慣れてますしね」

式についての説明が終わり、プランナーは引き出物についての打ち合わせへと移る。見本の鎌倉彫を見せられ、和平は「いいですねぇ」と頷くが、千明の表情はかなり微妙。新郎新婦の名前を彫るという段になっては、微妙から不本意へと明らかに変わっていた。

「あの、もしもし？　何かおっしゃりたいことが、あるんじゃないですか？」

　千明の表情に気づいた和平が訊ねる。

「いやいや、何もないですよ」

「わかりますよ。わかるようになっちゃったんです。顔に言いたいって書いてありますよ」

「そうですか、じゃあ」とひと呼吸置くと、千明は一気に話しだす。

「私、自慢じゃないけど、今まで数えきれないくらい結婚式に出席してきたんですね。八十年代から二〇一〇年代まで。ということは、数えきれないほどの引き出物をいただいてきたという歴史があるわけです。私の場合、ほとんどが新婦の友人として出席してますから、帰り道なんか引き出物の袋を開けて、女同士中身を確認したりするわけですよ。みんな、言いたい放題ですよね。そりゃもう辛口の意見をさんざん聞いてきました。まぁ、私も言いますけどね」

「言いそうですね」

　和平の茶々も気にせず、千明は続ける。プランナーは神妙な面持ちで耳を傾けている。

「で、この鎌倉彫のお盆ですけど……いや、素晴らしいんですよ。私も鎌倉に越してきて、すぐに買いましたもん、ひとつ。その上であえて言わせていただきますとね。ちょっと、どうかなぁって思うわけですよ。あんまり立派すぎて使うのがもったいないから押し入れにしまっておこう。で、そのうち忘れ去られてしまうという運命を感じるんです。せっかく持って帰っていただくわけですから、使ってもらいたいじゃないですか。そう考えたら、この名前入りっていうのもどうでしょう。使いづらいですよね。さらに、こういう箱に入ってるのもね、かさばるんですよね。女子はね、ただでさえ服や靴なんかがよそいきで不自由ですから、かさばるのは本当に、ちょっと勘弁してって感じなわけですよ……要するに、評判悪いです、この手は。目に浮かぶわけですよ。なんだった？　お盆？　うわっ、使えねえみたいなのが。わかっていただけます？」

プランナーは落ち込んだ顔で、「ええ」と頷く。

「おっしゃるとおりかもしれませんね」と和平も同意するが、どこか余裕の笑みだ。

「わかっていただけましたか」と千明が満足げに微笑むと、和平が反撃を開始した。

「でもね、あなたは引き出物の意味をわかってないですね」

「は？　何がですか？」

「いいんですよ、引き出物は実用的でなくて。いや、むしろ実用的でないほうがいいんです」

「意味がわかんないんですけど」

「だって記念品ですよ、引き出物っていうのは。消耗品を贈るお中元やお歳暮とは違うんです。いいんですよ、使わなくたって。たとえば、式に出席してくれた方がですよ。何年、いや何十年後かに、大掃除とか引っ越しで棚の整理なんかをしてて、出てくるわけですよ、この桐の箱が。あら、これ何かしら?なんて開けてみます。すると中から鎌倉彫のお盆が出てくるわけです。あら、これ誰かの結婚式でいただいたお盆だわ。誰だったかしら?　そんなの覚えていませんよね。でも、そこでクルッとお盆をひっくり返したら、長倉家って彫ってあるわけですよ。ここで名前が威力を発揮するんです。ないとわからないでしょ?」

「わからないかもしれないですけどね」と千明が不服そうに同意する。

「そこで懐かしむわけですよ。どうしてるかな、長倉さんとこのご夫婦はなんて言ってね。まだ鎌倉に住んでいるのかな?　久しぶりに会いたいなぁ。今度の休みに鎌倉まで行ってみるか、そうね、そうしましょう、なんていうふうに、結婚式から何十年も経って、縁遠くなっていたふたつの家がこの引き出物によってまた近づくわけです。つまり、引き出物っていうのは思い出であり、ふたたび縁を結びつけるものなんです」

「いつの時代の話だよ」と千明が小さく毒づく。しかし、和平の話は終わらない。

「先ほどかさばって邪魔になると言いましたよね、おっしゃいましたよね？」

「確認しなくたっていいですよ。言いました。おっしゃいました」

「あれでしょ？　式場のこう白いちょっと高級な紙袋に入ったあれでしょ？　いいじゃないですか、あの白い大きな袋。ほかの国とは違う、日本の結婚式の風物詩みたいなものですよ。たとえばですよ、サラリーマンが仕事に疲れた顔で街を歩いていたとします。そんなときに礼服を着て白い紙袋を持った人たちとすれ違う。ふと思いますよね。あぁ、俺はこんなふうに疲れてるけど、今日幸せになった家族がいるんだな。そうか今日は日がいいんだ。大安か友引か、みたいな……このデジタルな時代に日がよかったなんて考えるのはこのときくらいですよ。そういうささやかなものが日本人の持っている情緒なんじゃないですかね」

「あんたは向田邦子《むこうだくにこ》か」

「は？　向田さん？」

「昭和を懐かしむちょっといい話エッセイかって言ってるんです。私もべつに、そういうの嫌いじゃないですよ。いいお話だと思います。でもね、時代は動いてるんですよ、常に。そういうふうに言うと、私のほうが現実的でつまらないみたいになっちゃいますけど」

「つまらないですよ。今みたいな時代だからこそ実用的じゃないもののほうが大事なんですよ。そういう心の余裕がね、世界に誇る日本の文化なんです」

「話を世界遺産にまで広げますか」

「あ、言った！　私が世界遺産の〝せ〟って聞くのもイヤなのを知ってて、言いやがった」

鎌倉市の観光推進課・課長を務める和平は昨年、鎌倉の世界遺産登録を目指し邁進したが惜しくも叶わず、それをずっと引きずっているのだ。面白がって千明は続ける。

「〝せ〟！」

「やめて！」

「〝ふ〟！」

「うわっ……〝ふ〟ってなんですか？」

「富士山の〝ふ〟ですよ」

「〝ふ〟は大丈夫ですよ。富士山大好きです」

「てか心配してるんですよ。この一年でめっきり老け込みましたよ」

「そりゃ老けますよ、五十二ですから。あなただってもう四十八でしょ？」

「一緒にしないでください。私まだ四十代なんで」

「一緒ですよ。ていうか、その話します？　四十八と五十二の話。大して違わないって話、久しぶりなんでしときますか。いいですか?」

「結構です!」

古民家カフェ『ながくら』は民家と謳《うた》っているように長倉家の生活スペースと共有になっており、客がいないときはそのままリビングとなる。

「お客様方はお帰りで」

騒々しい団体客が帰ったのを見計らい、万理子《まりこ》が二階の自室から下りてきた。このところ、万理子は部屋にこもっていることが多い。といっても、かつての引きこもり癖が再発したというのではなく、脚本執筆に忙しいのだ。

一日でも早く一人前の脚本家となって、千明と一緒にドラマを作りたい。その一念が万理子をパソコンへと向かわせていた。

「ずるいわよ、あんた」と家事を怠けて実家に遊びにきたはずが、大忙しの店を手伝わされて疲れ果てている典子《のりこ》が口をとがらせる。

「万理、快調なんだろ?」と真平に言われ、「わかりますか?」と、万理子は振り向く。

「双子だからね」

「私も、真ちゃんの幸せを感じております」

「何よ、みんな人生うまくいっちゃって。なんかつまんない。なんか失敗しろ」

以心伝心といった感じで微笑み合う弟妹に、典子が毒づく。そこに、「こんにちは！」と大橋知美《おおはしともみ》が駆け込んできた。

「あれ？　金太郎。式場行ったんじゃないのかよ？」

てっきり鶴ヶ岡会館にいるとばかり思っていた恋人の突然の出現に、真平は驚く。

「そっちこそ、行ったんじゃないの？」

「いや、急に団体の予約入っちゃったから、代わりに兄貴に行ってもらったんだけど」

「え？　私も急に仕事で呼び出されちゃって、千明さんに頼んだんだけど」

「マジで？」

「なんで千明？」と典子が訊ねる。

「いや、長倉家にそういうことをお任せできる女性がいないので」

「あぁ」と典子と万理子も納得してしまう。

そのとき、和平の一人娘のえりなが部屋から出てきた。母親に似たのか涼しげな顔立ちの美少女で、この春に中二になるとは思えないほど大人びている。

「行ってきます」とすぐに家を出ていったえりなを見送り、知美がつぶやく。

「えりなちゃん……なんか大人っぽくなったねえ」

「金太郎より、ずっとな」

前髪パッツンがトレードマークの知美は、真平から愛情を込めて〝金太郎〟と呼ばれている。それはべつにいいのだが、いつまでも子ども扱いなことには腹が立つ。たしかに年はひと回りほど離れてはいるが、精神的にはどっこいどっこいだろうと思うのだ。

「ちょっとどういう意味よ、それ」と食ってかかる知美を万理子が止める。

「今の議題はそこではないのではないかと」

それもそうだとふたりは顔を見合わせる。ということは、今、結婚式場で打ち合わせをしているのは、和平と千明ということになる……これは、果たして大丈夫なのか？

「惨劇の予感がいたします」

万理子の予言めいたひと言に、真平と知美の不安は増していく。

千明と和平がしょんぼりと肩を落とし、桜並木の道を駅に向かって戻っていく。

ふたりにとっては日常茶飯事な口論だったのだが、場所が場所だけに悪目立ちしてしまった。気づくと周囲のカップルたちにどん引きされ、プランナーや職員は迷惑そうに苦笑を浮かべている。我に返ったふたりは、逃げるように式場を出たのだった。

「なんか、すみません……」

「いえいえ、こちらこそ、なんかすみません」

「なんか、あれですよね」と和平がしみじみと言う。

「成長しないですよね、私たち」

「しないんじゃないですかね、もうあんまり成長とかって」

「そう……ですかね」

「ええ……足して百歳になるのにね」

「はい……怒られるなぁ、真平たちに」

本気でへこんでいる和平がなんだかおかしくて、千明はその肩を思い切り叩いた。

「いて！　何するんですか」

「あ、折れました？　折れやすくなってますもんね、すみませ～ん」

「骨は丈夫ですよ。牛乳、子どものときから飲んでますから」

「そういう顔してる！　牛乳飲んでる顔」

「どういう顔ですか」

早々に復活し、まるで夫婦漫才のような会話を再開するふたりであった。

ＪＭＴテレビの春の人事で制作部副部長を拝命し、千明はガラスで仕切られた個室を与えられた。しかし、プロデューサーとして長年活躍してきた千明は、ドラマ制作の第一線から隔離されたようで、どうにも居心地が悪い。仕事も文字どおり判で押したような書類仕事ばかりで全然つまらない。

仕切りの向こうで何か真剣に話し合いをしているチーム千明の面々（ベテランアシスタントプロデューサーの三井《みつい》さん、プロデューサーの武田《たけだ》誠《まこと》、若手アシスタントプロデューサーの飯田《いいだ》ゆかり、そしてリサーチャー兼脚本家見習いの万理子）を見ていると、どうにも胸がうずいて仕方がない。この春からはアシスタントプロデューサーとして新入社員の篠原淳《しのはらじゅん》も加わり、さらに活気が増しているように見えるからなおさらだ。ついに辛抱たまらず部屋を出た。

「どう？　みんな、調子は」

輪の中に入るや千明は語りだす。管理職となったからには現場には口出ししない。自分でドラマを作るのではなく、ドラマ制作のプロへとみんなを育てるのが今の仕事なのだから、困ったことがあっても相談しないように。

そう念を押し、副部長室へと戻っていく千明を一同は切ない顔で見送る。

あれって、どう考えても、相談しろってことだよな……。

暗黙の了解で皆が頷いたとき、千明が戻ってきた。

「ははは、トイレトイレ」

そんな千明に万理子が声をかける。「ちょっとよろしいでしょうか」

「はいはいはいはいはい」とボールを投げられた犬のように千明は素早く振り向く。もしシッポがあったなら、ちぎれんばかりに振っていただろう。

万理子はふところから原稿の束を取り出し、言った。

「これ、桐谷《きりたに》先生の原作の台本、書いてみたのですが」

「え？」

千明と同時に武田と三井も驚く。

「だって、まだ許可下りてないよ、この原作。ねえ、三井さん」

「はい。なかなか先生からのお返事がなくて」

「あ、そうなんだ」とふたりに千明が頷く。すかさず万理子が言った。

「ダメならダメでも日々学習ですから。ただ、いつも千明さんが、原作者の先生や俳優さんたちなどから、台本を読んでから決めたいと言われて困っているのを見ていたものですから」

「あんたって子は、もう」と千明が万理子を抱きしめる。

万理子の胸がキュンと鳴る。

女同士でありながら、万理子は千明に恋心を抱いていた。といっても、万理子は男性のことが嫌いで、女性のことしか愛せないというのではない。家族以外の他人とうまく関係を築き上げることができずに、強固な殻で周りを固めた小さな世界に引きこもっていた自分を、千明は認め、外の世界へと連れ出してくれた。自分とはまるで真逆で、ブルドーザーのように立ちはだかる人の壁を割って進み、我が道を切り開いていく千明の強さに、万理子は憧れを超え、恋してしまったというわけだ。

「日本中の脚本家がみんな、万理子みたいだったらいいのに」

「ですよね」と三井もしみじみと千明に頷く。「原作者や主演の事務所からは台本を読んでから決めたいと言われ、脚本家の先生からは決定しなきゃ書きたくないと言われ……どうすりゃいいのさ、私たちはって感じでしたもんねぇ」

武田も俄然張り切りだした。「これ、僕らで一回読んで打ち合わせしましょう。完璧にして先生に送りましょう！　飯田さん、会議室確保して」

「はい！」

「じゃあ、万理子ちゃん、コピー」

「あ、はい、かしこまりました」

バタバタと去っていくみんなの背中に「頑張って……」と声をかけ、ポツンとひとり残された寂しさを抱えながら、千明は行きたくもないトイレへと向かうのだった。

和平が外回りから鎌倉市役所に戻ると、観光推進課は何やら妙な空気である。

「どうかした?」

近くにいた知美に事情を訊ねる。和平と知美は同じ職場で働いていて、それをきっかけに知美は真平と出会ったのだ。

「課長、さっき人事の人が来て、秘書課長が病気でしばらくお休みされるそうです」

知美の答えに、「え? 若松《わかまつ》さんが?」と和平は驚く。

「ええ。なので、しばらく課長に観光推進課と秘書課の課長を兼務してもらうことになったと」

「あ、そう」と部下の田所《たどころ》の発言をスルーしそうになったが、さすがに何かがおかしいと気づいた。

「え! 兼務って、俺が?」

「ひどいですよね。懲罰人事ですかね」と知美が同情の視線を送る。

「懲罰? なんのだよ」

「いや、だって人事の人も言ってましたよ。長倉さんも世界遺産のこともあるから頑張ってもらわないとって」

「はぁ? 世界遺産のこともあるからってなんだよ。なんでいつの間にか俺の責任になってんだよ。だいたい、なったらなったでいろいろ大変だって言ってたろ。どっちなんだよ、一体」

「ですよね。今度の市長はむずかしそうですよね。それで胃腸壊したって噂ですよ、若松さん」

　そう言って、田所は壁のポスターを目で示す。いかにも鼻息の荒そうな女性市長の満面の笑顔を見ながら、和平はため息をつく。

「苦手なんだよ、この手のおばさん」

「でも、なんか市長、課長のことお気に入りみたいですよ。この間のシンポジウムのとき、会食で課長、同じテーブルだったじゃないですか」

「なんで?」と和平が知美に訊ねる。

「邪魔にならないらしいです」

「なんだよ、邪魔にならないって。どういう意味だよ」

「説明しましょうか?」

　背後からの声に振り向くと、そこにはまさに伊佐山良子《いさやまよしこ》市長の姿が……。

　絶句し、固まったままの和平に、市長は追い打ちをかける。

「どういう意味か説明します?　邪魔にならないの意味」

「え……あ……いやいや、とんでもございません……ハハハ……ありがとうございます」

「じゃ、よろしくお願いしますね」

去っていく市長に、「よろしくお願いします！」と和平は深々と頭を下げる。顔を上げると、心の中でつぶやいた。

なんでこうなるんだろうな、俺の人生って……。


その夜、千明は親友の水野祥子《みずのしょうこ》と荒木啓子《あらきけいこ》に招集をかけた。祥子は音楽、啓子は出版、いわゆる〝ギョーカイ〟といわれる職場で、この年まで第一線で働いてきた、戦友ともいえる仲間だ。

ちょっと前までは、こんなふうに呼び出しても仕事が忙しくて断られることのほうが多かったのだが、祥子も啓子も自分と同じように管理職になり、時間に余裕が持てるようになった。それはそれで寂しいものではあるのだけど……とシャンパンのかすかな泡の刺激を味わいながら千明は思う。

「なんかさ、今日の私、新橋のおっさんたちと語り合いたい気分なわけ」

クリエイティブな現場を離れ、自分が一介の会社員であることを自覚させられた途端、新橋のガード下かなんかで酔っぱらっているサラリーマンたちに同胞意識が芽生えてしまったのだ。

「あ、いいね。ホッピー飲んじゃう？」

「焼きトンとか行くか」

三人はオーダーをキャンセルし、すぐに新橋へと向かう。

線路沿いの居酒屋でいい感じに盛り上がっているサラリーマン三人組を見つけた三人は、「副部長三人娘でございます！」と乱入。やんやの歓声を浴びる。

「ていうか、おっさんいくつ？」

「四十五」「四十七」「四十四」

一瞬言葉を失うが、すぐに千明は気を取り直す。「年下かよ、お前ら！　ふざけんな」と豪快に笑い、「俺についてこい！」とホッピーを一気飲みした。

結局、終電近くまで飲み明かした千明は、ふらふらと家路を歩きながら、酩酊《めいてい》した頭でぼんやりと考える。

人が大人になるということは、それだけ多くの選択をしてきたということだ。

何かを選ぶということは、その分、違う何かを失うということで……。

大人になって何かをつかんだ喜びは、ここまでやったという思いと、ここまでしかやれなかったという思いを、同時に知ることでもある。

だからこそ、人は自分の選んだ小さな世界を守り続けるしかない。

選択が間違っていたと認めてしまったら、何も残らないから。

それは、三十代ではまだ知ることのなかった感覚なのかもしれない。

無限の可能性とはもう思えないかもしれないけれど、まだこの先には世界が広がっていると思っていたから。

私は一体、何を得たのだろう。

そして、何を失ったのだろう……。


仕事帰りの和平が極楽寺駅の改札を抜けて階段を下っている。両手にはボックスティッシュやら何やら日用品でふくらんだレジ袋。鎌倉駅前のドラッグストアが安売りをしていたので買い込んだのだ。と、若いカップルに追い抜かされた。彼氏とじゃれ合う女の子の横顔を見て、和平は反射的に声をかける。

「えりな！」

「あ、どうも」とえりなは軽く返事をすると、彼氏に言った。「うちのお父さん」

えりなのひとつ先輩である彼氏は屈託なく和平に挨拶する。

「はじめまして。えりなさんとお付き合いさせていただいています、原田蒼太《はらだそうた》といいます」

「え？　お付き……あ、どうも」

困惑している和平に、「あの」と声がかかる。振り返ると三十代後半くらいのふんわりとした雰囲気の美女が改札機の前に立っていた。蒼太の母の薫子《かおるこ》だ。薫子はバッグをごそごそと探りながら、和平にペコリとお辞儀をする。

「……あった」

ようやく探し当てた乗車カードで改札を抜け、薫子は和平の前にやってきた。

「蒼太の母でございます。大変申し訳ございません。あの、えりなちゃん、ウチに遊びに来ていただいていて、つい楽しくて、こんな時間になってしまいました」

「あ、いえいえ、そんな。わざわざ送っていただいて。あ、はじめまして、長倉と申します。えりなの父でございます」

「はじめまして」

深々と下げた薫子の頭が和平が持っていたレジ袋から飛び出していたトイレ掃除用のスッポンにコツンと当たる。

「痛い……」

「あ、これ買ったばかりだから大丈夫です。汚くないですから」

あわてて妙なフォローをする和平に薫子は微笑む。

「ウチ、蒼太とふたりなものですから、えりなちゃんが来てくれると本当に楽しくて、つい」

「あ、いえいいえいいえいいえ」

「これからもよろしくお願いします」

蒼太と駅へと戻っていく薫子を見つめる和平の頬が自然にゆるむ。ああいう天然系の女性は意外にも和平の好みだった。


ゆうべの彼氏のことが気になって、和平は朝食をとりながらついついえりなの様子を目で追ってしまう。それが気になるのか、えりなは早々に朝食を終え、和平の視線から死角になるソファ席へと移動する。娘の態度が面白くない和平だったが、ここで何かを言うと冷たい言葉で凍らせられるか、自分の部屋へと引っ込んでしまうかのふたつにひとつである。和平はぐっと唇を噛んだ。

そこに「おはようございます！」と千明が入ってきた。少しむくんだその顔を見て、すかさず真平が「今日は二日酔いの朝ごはんだね」と苦笑する。

「あ、わかる？　さすが」

「元彼」と真平が引き取ると、スマホをいじりながら万理子が言った。

「それは、そろそろやめたほうがよろしいかと。もうすぐ真ちゃんは結婚するわけですし」

「あ、そうか」と真平は頷く。

そういえば、ゆうべのデートで知美に「金太郎専用の天使になる」と誓ったばかりだった。

かつて真平は「天使」を自称し、心寂しい女性たちに愛を与えることを自らの使命としてきた。いつ悪性に変わるかもしれない小さな腫瘍を脳に抱え、自分の未来を夢見ることができなくなってから、人のために生きようと誓ったのだ。さいわい、自分は女性が好むルックスらしいし、だったら、寂しい女性の心を埋める天使のような存在になろう、と——。

しかし、千明が、そして知美が自分を天使から人間へと戻してくれた。

今、真平はひとりの男として、知美とともに自分の未来を歩もうとしている。

「兄貴、秘書課長も兼務するんだって？　世界遺産問題の責任なんでしょ？」

知美に聞いた話を思い出し、真平が和平に訊ねる。

「兼務って？」と目を輝かせる千明に和平はうんざりといった顔になる。

「おしゃべりだな、お前の嫁さんは本当に」

そこにドカドカと典子が入ってきた。「ちょっと聞いて！」

「なんだよ、お前は、朝っぱらからいきなり。おはようとか、なんかないのか」

「おはよう。ウチの亭主浮気してる」

「はぁ？　なんなんだ、朝っぱらから」

「しょうがないでしょ。朝、洗濯しようとしてわかったんだから」

「夜まで待てないのかよ。朝メシ食いながらする話じゃないだろうが」

「それは典姉には無理な話かと思われ」

万理子の言葉に、それもそうかと和平は納得する。

典子は勢いのまま説明を始めた。旦那である水谷広行《みずたにひろゆき》のワイシャツの、しかもちょうど股間に当たる部分に自分の物とは違う、千明が普段使っているような明らかに高級だとわかる香りのファンデーションがついていたというのだ。ということは、相手は金だけはある独身女に違いないと断言する典子を千明は落ち着かせようとするが、「だって、ここだよ!」と典子は興奮気味に真平の股間を指さす。

「おい、やめろ、えりなの前で」

焦る和平にえりながクールに返す。「大丈夫です。もう大人ですから」

「いや、そういう大人にならないでほしいっていうかさ」

このひと言が地雷だった。えりなは和平をキッとにらむと、「ちょっと待ってください。それ、おかしいと思います」と溜まっていた鬱憤《うっぷん》を吐き出しはじめた。

「親は子どもの成長を喜ぶもんじゃないんですか?」

「いや、そりゃそうだよ」

「不公平だと思うんです。小さいころは、あれができるようになった、スゴいね、そんなこともわかるんだ、えりなちゃんは大人だなってほめてたくせに。この年になったら、なんか大人になるのが悪いことみたいになってて。それって親の勝手な願望ですよね。違いますか？」

「ああ、たしかに」と千明は納得。万理子は高速で指を動かしてスマホにえりなの言い分をメモっている。

「それって、女の子だからですよね」

えりなは立ち上がると反論しかけた和平に詰め寄った。

「この年の男の子に対して、大人になったなっていうのは単純にほめ言葉ですよね。立派になって楽しみだみたいな感じなのに、女の子の場合は、なんか大人になってしまったみたいな言い方で、汚れてきたみたいな目で見られて、なんかスゴい不愉快。なんでひとより早く成長しちゃいけないんですか。いいことじゃないですか」

目が点の和平から離れ、席に戻るえりなに千明は拍手を送る。

「スゴいな、えりな。今度飲みに行こうぜ」

「あ、はい」

「でもなんか、やっぱりちょっと兄貴に似てきたね」と真平が笑う。

「あぁ、たしかにね。着眼点っていうか」

「全然似てません」

きっぱり否定されはしたが、この理屈っぽさはどう考えても自分の血を受け継いだものだ。かなりひどい言われようだったが、正論といえば正論で、そんなふうに理路整然と語れるようになった娘の成長が、ちょっぴりうれしい和平だった。

「え？　フランスのニースにですか⁉」

出勤するなり市長から、姉妹都市のニースで行われる会合への同行を求められ、和平は驚く。秘書課長ともなると、こういう仕事もあるのか……。今まで海外はおろか国内の出張もほとんどなく、ただひたすら地元・鎌倉での職務を地道にやってきただけに、戸惑いも大きかった。パスポートの期限は切れていないだろうかと、あわてて真平に電話を入れる。

いっぽう、ＪＭＴテレビでは千明が叫んでいた。

「飯田、すぐチケット手配して！」

万理子が脚本を書いた原作の権利取りに、部長からストップがかかったのだ。ほかのチームが連続ドラマで同じ作家の別の原作を狙っているから邪魔をするなということらしい。

こっちのほうが先に提案して、脚本まで用意したというのにふざけんなと憤《いきどお》る武田や、自分がなかなか先生をつかまえられないからだと恐縮する三井、そして自分の書いた脚本が日の目を見ることはなさそうだと寂しげな万理子を見て、千明は決心した。

自分がパリにいる作家に直接会って、原作権をとってくる！

一緒にドラマを作ることはできないが、このチームを守ることはできる。

それが今の私の仕事なんだ。

こうして、和平がニースへと出発した数時間後、千明もパリへと旅立っていった。

しかし、パリ行きの機内で状況は一変する。

万理子から届いたメールを、千明は愕然として読み返した。

『千明さん、申し訳ございません。実は入れ違いで、先生は日本に帰国されていることが発覚いたしました。さらに実は、先生からは〝送られた脚本を読み、喜んで許諾します〟というメールが届いていたのですが、アホ部長がそれをすっかり忘れていたという顚末でございます』

「はぁ……何それ何それ……アホ部長……殺す、ぶっ殺す」

しばらく、サスペンスドラマのネタとして考えていた殺害方法を部長相手にシミュレーションしていた千明だったが、むなしくなってやめた。

「ハハ……飲むか」

千明はメニューを開くと酒と肴を物色しはじめる。

とりあえずパリを楽しむかと開き直った千明は、到着後も早々にホテルを飛び出し買い物三昧。物欲が満たされると次は食欲の出番である。

しかし、ひとりきりではせっかくの食事も酒も楽しくない。どうしようかと思案していると、ふと旅の準備におおわらわだった隣家の住人の顔を思い出した。

たしか、ニースに行くって言ってたよね……。

千明の口元がイタズラっぽくほころぶ。


今日の仕事を終え、和平はホテルの屋上にあるカフェテラスで開放的な気分にひたっていた。まだ肌寒かったが、それでも午後のやわらかな陽射しが春の訪れを感じさせる。

「ボンジュール、ムッシュ」

デッキチェア横から声をかけられ、和平は「ボンジュール」と答えた。

「え……」

「てか、何カッコつけて〝ボンジュール〟とか言っちゃってるんですか」

状況がまったく理解できず、和平は目の前に仁王立ちしている千明を二度見する。

「な……なんでですか、これ……なんで?」

千明は答えず、和平のシャンパンをひと息でのどに流し込む。

「く〜〜〜、おいしい」

「あ〜、これ飲むの楽しみにしてたのに……ていうか、どうしたんですか？　なんでここに？」

千明は店の女の子にお代わりを二杯頼むと、ようやく和平に顔を向けた。

「え？　なんですか？」

「いや、だから、どうしてここに？」

千明は目いっぱい可愛く言った。「あなたに会いたくて……」

「え」

「なわけないでしょ。ついでですよ、ついで」

「ついで？」

頭に疑問符を浮かべる和平に、千明は今までのいきさつを説明する。

「なるほどね。地球をまたにかけたついでですね。でも、電話くれればいいじゃないですか」

「仕事中だったら悪いなと思って。あ、大丈夫ですか？　市長に体を要求されたりしませんでした？　またあの世界遺産問題のときみたいに」

和平の頭に一年半前の悪夢がよみがえる。世界遺産親善大使を依頼した同年代の女流作家に体の関係を求められた一件は、細部にわたって千明に知られていた。

「〝意気地なし〟みたいな」

目撃された決定的場面を再現され、和平の顔が赤くなる。

「されませんよ。なんでいい年したおっさんがそんなに何度も体を要求されなきゃいけないいんですか。それにね、世界遺産の話、ホント勘弁してもらえませんか?」

しかし、千明はまったく聞いていない。開いたガイドブックを熟読している。

「なんかわりと近くにアヴィニヨンっていいところがあるじゃないですか」

「ひとの話、聞いてます?」

「行ってみます? あ、ここ世界遺産に登録されてますよ」

「行きません。世界遺産には行きません」

「もうね、そういうことはさ、笑いに変えちゃうんですよ。年取るとね、なかなか心の傷は治りませんよ。だから、笑いにして、自虐的なネタにしちゃうんですよ」

「ネタってなんですか。他人事だと思って」

「名刺に書いちゃえば? 世界遺産登録を落選させた男、長倉和平って。このたび、世界遺産問題の責任をとることになりまして、秘書課長と兼務になりました長倉でございます、みたいな」

「なんだそれ」

「でもね、そこまでやると、ホントはこの人の責任じゃないんだろうなって思うもんですよ」

「そういうもんですかね」

「そういうもんです。今度ぜひやってみてください」

「やりませんよ」

「意気地なし」

「誰がやるか」と言いつつも、和平は笑ってしまう。

「それにしても、相変わらずカッコいいですよね、あなたの仕事ぶりは」

「え?」

「私に任せろ!なんて言って、パリに飛ぶなんて。それに比べて私は……しょぼいというか、なんというか。こんな感じで終わりなんですかねえ、私の仕事人生は」

「……私も同じです」

千明は寂しげにそう言った。

こうやってフランスにまで飛んできたのだって、本当はスタッフのためなんかじゃなく自分がまだ役に立つんだってことを証明したかっただけなのだ。しかも、とんだ勇み足で、結局はなんの役にも立たなかった……。

「まぁ、しょぼいわ。これで終わりなのかって感じ。なんかいいことありますかね、この先」

「そうですねぇ……でも、まだ終わったわけじゃないですからね」

「ま、そうですね」

そのとき、千明の足元に白いストールが舞い落ちた。隣のテーブルの老夫婦のものが風に飛ばされたようだ。千明は拾い、取りにきた夫に渡す。夫は礼を言って受け取ると、夫人の肩にやさしくストールをかけた。仲むつまじげなふたりの姿を見ながら、千明はつぶやく。

「ああいう人生にはならないんだなぁ、私は」

「どういうことですか?」

「あんなふうに、仕事とか子育てとか人として人生でやるべきことはちゃんとやり終えた。あとの人生のんびり楽しんで何が悪いんだみたいなのはね。まぁ、これはこれで楽しいですけどね」

千明はそう言って眼下に広がる地中海を眺める。

「いいところですよね。鎌倉と姉妹都市なのがなんとなくわかります」

「はい……あの……ありがとうございます。うれしいです。ついでても会いに来てくれて」

「なんですか、急にあらたまって。パリで飲み友達を探してたら、ニースにいたみたいな感じですから」

「ハハ、国際的でカッコいいっすね」

ふたりは笑い合い、グラスを合わせた。

いつの間にか日も暮れ、午後からずーっと飲み続けている千明と和平はすっかりできあがってしまっている。ホテル近くのバーへと移動してから、飲みのピッチはさらに上がっていた。ニースというより、気分はもう新橋である。

グラスのワインをビールのように一気に空けた千明は、和平の顔をあらためてまじまじと眺め、いきなり噴き出した。

「ちょっとなんですか、失礼だな、おい」

「いや、つくづくタイプじゃないなぁと思って」

「はぁ？　そんなのね、お互いさまですよ」

「へえ〜、じゃあ、どんな女がタイプなんですか？」

「私はあれですよ。雰囲気とか話し方とか、全部がこうやわらかいっていうか、ふわっとしてる感じでね。ちょっと天然入ってて、運動なんかも苦手で、走るの遅かったりしてね」

にやにやと語る和平を、千明が「ふん」と鼻で笑う。

「今、鼻で笑いました？　笑いましたよね」

千明は両手を広げ、知りませんのジェスチャー。

「なんだそれ。欧米か。デ・ニーロか」

「あれですか。癒し系ってヤツですか、ハハ。ま、私なんか運動会でリレーのアンカーの座を守り通した女ですからね。全然違いますわね」

「わかる！　足速そう。あなたはどうなんです？」

「あぁ。とにかく、こういうんじゃないんだよなぁ」と和平の顔を指さす。

「わかったっつーんだよ。うるせえなぁ」

「もっとこうさ、少年っぽいのが好きなんですよ。しゃべってもボソボソで、何言ってんのかわかんないみたいな感じで、大丈夫？　ちゃんと生きていけるの？　みたいに不器用で」

「あれですか？　前に話してた、別れの言葉をポストイットで残していったという、通称ポストイット男もそんなタイプだったんですか？」

千明は不意に黙ると、強く床を踏みはじめる。

ドン！　ドン！　ドン！　ドン！

震える床に和平は恐怖する。

ヤバい……かなりでかい地雷を踏んだかも……。

耳元で響くカラスの不気味な鳴き声に、千明の意識が覚醒していく。うっすらと目を開けると石畳の上に数本のワインの空き瓶が転がっており、隣ではゴミ袋を抱えるようにして和平が眠っている。ゴミ袋はカラスにつつかれ、散らばった中身は和平の体の上にも乗っている。

「やべ……またやっちまった」

千明は朦朧とする頭を押さえ、ゆうべの記憶をたどる。が、へべれけになってバーを出たあとのことがまったく思い出せない。どうやらこの広場でさらに飲んだようだが……。

昇りはじめた朝日に目を細めたとき、千明はふとあることを思いついた。

「ちょっと、そこの日本人のおっさん」

千明が背中をバンバン叩くと、和平がようやく目を覚ました。ぐらぐらと世界が揺れ、ぐわんぐわんと耳鳴りもする。完璧な二日酔い状態にえずく和平を、千明に無理やり立たせた。

「おはようございます！　ちょっと、あれ、やりますよ。チャンスですから、早く！」

「あれってなんですか……もうちょっと寝かせてくださいよ……」

「チャンスなんですから、行きますよ」

千明は和平を引っ張り、広場を出た。

潮の匂いを頼りに石畳の細い路地を進んでいく。最初は嫌々という感じだった和平の足どりもだんだん軽くなってくる。見知らぬ異国の街を、千明と和平は仲のよい恋人同士のように手をつないで駆ける。唐突に視界が開け、目の前に地中海が広がる。

ふたりは思わず立ち止まり、「うわぁ」と声を漏らした。

「海!」

千明は和平の手を離し、誰もいない砂浜のほうへと駆けだしていく。

「バカヤロー!」

靴を脱いで波打ち際で叫ぶ千明を、和平はなんだか可愛いなぁと思う。

「あなたも靴脱いでください」

和平はしょうがないなぁと靴を脱ぎ、海へと入っていく。

「冷たっ!」

「日本じゃできないでしょ、恥ずかしくて」

「やろうとも思わないですけどね」と和平は苦笑する。

「こうなったら、あれもやっちゃいますか?」

「青春っぽいのですね」

「やっちゃいましょう!」

そう言うや、千明は和平に思い切り水をかけた。

「だから、冷たいっつーの」

笑いながら和平も応戦。ふたりは夏休みの子どもみたいに無邪気に水をかけ合う。

「波打ち際で水をかけ合う長倉和平、五十二歳と」

「吉野千明、四十八歳」

「合わせて、百歳！」

しばらくそうやってはしゃいでいたが、さすがに二日酔いでは息も続かない。ぜえぜえと肩で息をしはじめた和平が「あ……」と顔を上げた。

「どうしました？」

「ヤバい。朝の会議の前の打ち合わせが……私、行きますけど、大丈夫ですか？」

「大丈夫ですよ。癒し系じゃない、しっかり系のたくましい系ですから」

「そうでした」

「あなたこそ、お仕事大丈夫ですか？」

「大丈夫です。私、真面目系なんで」

「じゃあ……〝行ってらっしゃい、和平さん。お仕事頑張って〟」

作り声の癒し系ボイスで言われ、和平は噴き出す。

「あ、ありがと……」

無口な少年系で返事をすると、和平は手をあげて、走り去る。

和平の姿が視界から消えると、千明はもう一度朝日に輝く地中海を眺めた。

骨折り損かと思ったけど、なんか……いい旅だったな……。


帰国して数日後、和平がコンビニで買い物をしていると近所の老人、一条《いちじょう》とばったり出会った。週刊誌の〝五十代からのセックス特集〟の記事をむさぼるように読んでいた一条に、あんたは八十代だろうと苦笑する。一条は奥さんが店に入ってきたのに気づき、慌てて雑誌を和平に押しつけると、そーっと店を出ていった。

なんか前にもこんなことがあったような……和平は軽いデジャヴを覚えながらパラパラと雑誌をめくる。破られた袋とじからきわどいグラビア写真が目に飛び込んできた。

一条さん、なんてことを……そう思いながら、和平の目はグラビアに吸い寄せられる。

あれ……？　どこかで見たような……。

和平はグラビア写真を凝視する。そのとき、不意に背後から声をかけられた。

「似てますよね」

振り向いた和平の前に薫子が立っていた。グラビアモデルは薫子とそっくりだったのだ。

「こんにちは」と薫子は微笑み、言った。「似てるけど、私ではないです。ほら、この人、首すじにホクロがあるでしょ。でも、私には」

薫子は襟をめくり、和平に首すじを見せる。女性らしい細く白いうなじに、和平はドキッとしてしまう。

「ね、ないでしょう?」

「あ、ええ、はい。ないです……あ、いや」

「でも、ちょっとうれしかったです」

「え?」

「今度ぜひ、えりなちゃんとご一緒にウチにいらしてくださいね」

薫子は癒し系の笑顔を浮かべると、和平の前を去っていく。ぽーっとしていた和平が我に返り雑誌を棚に戻したとき、店員に肩を叩かれた。

「お客さん、袋とじ破ったでしょ?」

「え……」


「お疲れさまです!」

勤務を終えた千明が局を出ようとするといきなり大きな声をかけられた。振り向くと、思いも寄らない人物が立っていた。

「涼太《りょうた》……？　どうしたの？」

それは千明の元恋人、通称ポストイット男の高山《たかやま》涼太だった。千明は数年ぶりに会う涼太の顔をしげしげと見つめる。なんだかくたびれた感じで、少しおびえているようにも見える。

「あ、いや……あの……」

涼太はもごもごと口を動かすと、突然その場に土下座した。

「……ごめんなさい」

「え？　え？　え？」

周りの人たちが何事かとざわつきはじめる。それでも涼太は顔を上げない。

「ちょっと、涼太。わかった、わかったから。お願いだから、それやめて」

千明は涼太の腕をとり、引き起こすと、逃げるように一緒に局を出た。涼太はされるがままに歩いていたが、不意にその足が止まり、グラッと千明のほうへと倒れ込んできた……。

第2話　恋愛下手な大人たち

　炭火で焼かれた肉を申し訳なさそうに、しかし、食欲には勝てぬとばかりに次から次へと口に運ぶ涼太を、千明が微笑みながら見つめている。網の上に肉がなくなると、かいがいしく新たな肉を置いてやり、自分はビールのジョッキに手を伸ばす。空腹のあまり倒れた涼太を、千明は局の近くの焼き肉屋へと連れてきたのだった。

　腹を満たし、ひと心地ついた涼太は、切羽詰まった今の状況をボソボソと語りだした。仕事もなく、蓄えも底をつき、住んでいた安アパートからも追い出され、頼る友人のあてもない……と。

「なるほど……そうですか」

　涼太は不意に箸を置くと、千明に言った。

「あ、あんときは……ごめん」

「あんときって、一緒に暮らして三日目に〝ごめん、無理〟ってぺらっとポストイットに書き置きして消えた件ですか？」

「うん」

「本当だよ」と千明は苦笑する。「立ち直るのにすごい時間かかったんだからね。

いまだにトラウマでポストイット使えないんだからね」

「え……」

「ま、いいよ。でも、あれだ。ちょっとは悪いことしたなと思ってんだ？」

「噂……聞いたし」

「どんな？」

「別れてから千明さんすごい老けた……とか。鎌倉引っ越して隠居した……とか」

「隠居だぁ？」

「本当？」

「あ、うん。越したのはね」

「でも、都会じゃないとやっていけないって」

「いや、ま……年を重ねるといろいろさ……そんなことは置いといて、何？　どうしようもなくなって、頼ってきたわけだ。捨てた女を」

「すいません」と涼太はこうべを垂れる。そんな仕草が叱られた子どものようで、千明の母性本能を強くくすぐる。

「あやまらなくていいけどさ……うれしくないわけでもないからさ……」

小声で本音を吐くと、千明は財布を取り出し、一万円札を三枚、涼太の手に握らせた。

「あ、いや、いいよ」

「いいから、いいから……ね、早くしまって。まるで援助交際のおっさんみたいだから」

涼太は二枚を千明に返し、一万円だけを頭を下げて受け取る。そのやむにやまれぬ感じに、またも千明はキュンとなる。

「あ、そうそう」と千明はメモに鎌倉の住所を書きながら、言った。「ま、大丈夫だとは思うけど、本当にどうしようもなくなって、寝るところもなくなったら、来てもいいよ」

「ホントに？」

素直な反応に千明は少し動揺する。

「あ、うん。いいよ」

大切そうにメモをポケットにしまう涼太を見ながら、女としての素直な高揚感と強い立場を利用した罪悪感が入り交じった複雑な気持ちを千明は抱く。

「……てな感じのことがあったわけよ、さっき」

涼太との一件を話し終えた千明は、親友の祥子と啓子の反応をうかがう。もともとふたりと会う約束をしていたのだが、涼太と食事をしたため遅れてしまった。ふたりはすでにワインのボトルを空けている。年下の元カレが突然会いにくるという千明のミラクルにやんやの喝采を送ったあと、祥子が訊ねた。「でもさ、なんで別れたんだっけ？」

「たしか、ポストイットに無理って書いて出てったんだよね」と千明に代わり啓子が答える。

「ええ。まぁ、そうでしたね。ハハ」

「で、何が無理だったの？」

「いや、わかんないっす……ただ、無理としか書いてなかったから」

「でもさ、そこが変わってなかったらさ、また同じなんじゃね？」と啓子が核心をついてくる。

「あれでしょ？　たった三日で出てったんだっけ？」

「そう」

「性格？」と言う祥子に、「いや」と啓子が首を振る。「たった三日ってことはもっと端的なことなんじゃない？　ずばりあっち系とか？　もう無理みたいな」

「いやいやいや。あっち系は大丈夫よ。自信あるもん」と千明がむきになって否定する。

「だとすると、見た目的なこと？　すっぴん見て、こりゃ無理みたいな」と今度は祥子が失礼なことを言いだす。

「電気全消ししてたし、ちゃんと朝も一時間先に起きてメイクしてたわよ」

「見た目じゃないとすると考えられるのは……匂い？」

「は？　ないわよ、そんなの」

「いや、あるんだってよ。女にも加齢臭」

啓子の言葉に、「マジで？」と千明と祥子はお互いの匂いを確認する。

結局、さんざん考えても〝無理〟の意味がわからず、悶々とする千明だった。


急な市長の呼び出しで、家にたどり着く前にとんぼ返りをさせられた和平は、買わされた週刊誌の入ったコンビニ袋を持ったままゴルフの練習場へと来ていた。商工会議所のお偉いさんたちと市長の付き合いゴルフ練習の世話係である。

「長倉さんってあれだよね、世界遺産問題の」

そんなことを言われてもイヤな顔をせずに「そうです。世界遺産問題の長倉です」と笑って答える和平に市長は少し感心する。が、ふとベンチに置いてある和平の荷物を見ると、袋から飛び出した週刊誌には〝五十代からのセックス特集〟の文字が……。

「山崎《やまざき》さん、いくつになってもパワーありますよね。うらやましいなぁ。私なんて最近めっきりパワーが落ちちゃって」

帰りのタクシーのなか、助手席の和平の軽口にさっき見た週刊誌の見出しが重なり、市長は背筋を伸ばし、スカートのすその乱れを直した。

「長倉さん……私はダメよ」

「……はい？」と怪訝そうに和平は後部座席を振り返る。

市長を送り届けた和平が首をかしげながら夜道を歩いていると、同じように首をかしげながら帰ってきた千明と踏み切りでばったり出会った。「お疲れさまです」と挨拶を交わしたあと千明が訊ねる。「なんか悩み事ですか？　首がこんなに曲がってましたよ。聞きましょうか？」

「ありがとうございます……でも、悩みっていうか意味がわからないっていうあれなんで」

「あぁ、そっち」

「そちらこそ、首かなりひしゃげてましたけど」

「そんなになってませんよ」と言いつつも、ちょっと聞いてもらおうかと考え直す。

「あの、たとえばの話ですよ。たとえば私と同棲することになったとします。でも、急に私をイヤになってしまうんですよ、あなたは。何が原因だと思いますか？」

「……はい？」

「ケンカをしたわけでもないのに、急に何かがイヤになって出ていってしまうわけです」

「それは相当なことでしょうね」と少し考えて和平は答える。「だって、話し合う余地も改善の余地もないわけでしょ。もしくは言ってもどうにもならないこと。生理的に許容できないとか」

「え……なんなんだろ……匂いとかですかね。じゃなきゃ、そっち系か……そっち系は大丈夫だと思うんだけどな……」

「そっち系ってなんですか？」

我に返って千明は赤面する。「やだ。そっち系って、何系だと思ってるんですか？　やめてくださいね、なんか失礼だな」

ひとりでブツブツ言っていたと思ったら急に怒りだす千明に、和平はあきれる。

「そういうところなんじゃないですか？　あなたが質問するから私は一生懸命答えてるのに、私が言ってもいないことで勝手に自分で答えを出して、イライラして」

「イライラなんかしてないっすよ」

「してるじゃないですか。きっと、そういうところですよ」

「あなただからです。その子とは一緒にいても全然イライラしないし」

「私は何を責められてるんですか。会社帰りに疲れて帰ってきて」

「もういいです！　すみませんでした。おやすみなさい！」

いつの間にか家の前に着いていたので、千明は振り向きもせず門扉を開け、去っていく。

「え、大丈夫ですか⁉　……ひとの話聞かねえのかよ」

千明は答えず、家の中へと消えた。


「ただいまぁ」と和平が家に入ると、甘酸っぱい匂いがした。真平が自作のジャムをえりなと一緒に瓶詰めしているのだ。隣では万理子がスマホで何やら調べ物をしている。和平がコートと荷物を無造作にソファに置いたとき、えりなが「あ、そうだ」と話しかけてきた。

「蒼太のママが今度ぜひ遊びにいらしてくださいって」

和平は平静を装い、「あ、そうか」と答える。

「なんかお気に入りみたいで、素敵なお父様ねって何度も言うんだよね」

「兄貴、モテモテじゃん」

「あ、そうなの？　で、そういうこと言われると、えりなはちょっとうれしかったりするの？　はい、自慢の父ですぅとか答えたりしてくれるの？」

「そういうこと聞くのって、ウザい」

はねつけるように言うと、えりなは立ち上がり、二階へと消える。

「……そこまでウザくないだろ」

ため息まじりに和平がつぶやいたとき、バキッと音がして、足元が急に沈んだ。

床板の一部を踏み抜いてしまったのだ。

「古くなったな、この家も。リフォームでもできればいいんだけどなぁ。真平も結婚して、家族が増えるわけだしな」

「へへ、まぁね」

「でも、そんな余裕もないしなぁ」

「大丈夫だよ。直せばまだまだ使えるって」と真平は大工道具を取りに行く。そこでスマホから顔を上げた万理子が言った。「いくらくらいかかるものでございましょうか？　リフォームとやらは。五百万もあれば足りますか？」

万理子がスマホで調べていたのはＪＭＴテレビが主催する新人シナリオコンクールに関してだった。大賞受賞者には五百万円の賞金が出ると募集要項には記されていた。

「そりゃあ、どこまでやるかによるけど……なんだ、お前、宝くじでも当たったのか？」

「確率としてはそんなようなものかもしれませんが、いやちょっと待てという自信いわけではないわけで」

「言ってることがさっぱりわからない」

「わからないようにしゃべっております。一番先に言う人は、お兄ちゃんではないので」

「あ、そうですか」

そこへ真平が戻ってきた。「俺、直しとくから」と開いた穴の大きさを測りはじめる。

「もう寝るわ。おやすみ」と和平は荷物を置いたまま、自室へと戻っていく。


翌朝。家族みんながそろった朝食の席で和平は内心の動揺を隠しながら、さりげなく自分が持ち帰った例の週刊誌を探していた。あんなものを読んでいるとえりなに思われたなら、あの冷たい視線がさらに十度は下がるだろう。

「どうかした?」と挙動不審な和平を見て、真平が訊ねる。

「いや、床、直ってるなって」

「ああ。応急処置だけどね」

そこに、「おはようございます!」とやけに元気に千明が入ってきた。幅広のボーダーのジャケットに同じ柄のショートパンツという千明の格好にみんなの目が留まる。

「今日は雰囲気違いますね。若作りっていうか」

和平の素直な感想に、千明はムッとする。「悪かったですね、若作りで」

「まぁまぁまぁ、可愛いじゃん。なぁ万理」

「はい。とても素敵です」

真平と万理子に続いて、えりなも「マリンルック流行ってるもんね」とフォローしつつ、「でも、素材がちょっと若者っぽいかも」とシビアな指摘も忘れない。

「だよね。さすが、えりな」

「あの、千明さん」と万理子がシナリオコンクールの応募案内を見せようとしたとき、「あ～、悔しい！　悔しい、悔しい」と典子がうめきながら入ってきた。千明を見て、「あれ？　どうしたの、若作りして？」とストレートな感想を告げる。

「……悪かったね」

相変わらずうるさい登場を和平が注意すると、こんな目に遭って静かになどしていられないと典子は憤懣《ふんまん》やる方ない思いを吐き出す。

「昨日さ、旦那を尾行したわけよ、私」

「は？　なんでそんなことすんだよ」

「なんでって、探偵雇うと高いのよ。いくらすると思ってんのよ」

「知るかそんなこと。俺が言いたいのはな」

和平のあとを引き取って、万理子が理路整然と説明する。「なんで探偵を雇わないのだと言っているのではなく、なんで尾行なんてするんだと言いたいのではないかと」

「そういうことだよ」

「なんでって浮気してるからに決まってるじゃないの。バカじゃないの？」

「バカとはなんだ、バカとは」

いっぽう、千明は自分の服装がそんなに違和感があるのかと気になってくる。たしかに、このパンツの丈はやりすぎたか……。脚を気にして何度も下を見ていると、テーブルの陰に雑誌が落ちているのに気がついた。特に考えもなく、手を伸ばす。

ふと目をやると、千明が例の週刊誌を手にしている。和平はあわてて叫んだ。

「ダメ！」

声に反応したのは典子だった。「何？　何？」と典子が千明から雑誌を奪い、パラパラとめくる。「……五十代からのセックス特集」

「やめろ！　えりなの前で声に出すな！」

「べつに普通の雑誌じゃん。読むでしょ、これくらい」と千明に渡す。

「そうですよ。ま、娘にこれを読んでるの知られたくないのはわかりますけど、気にするほどのものじゃないですよ。堅いなぁ、もう。今ね、こういう特集すると売れるらしいですよ、雑誌」

「そうなんですか……あ、いや、そうじゃなくて、私が買ったんじゃなくてですね……」

「中学生じゃないいんだからさ」と典子があきれる。「俺が買ったんじゃねえしって、翔《しょう》と一緒」

典子の中学生の息子と一緒にされてはたまらない、と和平が反論する。

「そういうことじゃないんだよ」

と、えりなが雑誌を覗き込み、驚いた声を上げた。

「このグラビアの人、私の彼氏のママにそっくり」

「違う違う」と和平はあわてる。「えりな、蒼太君のママがそんなところに出てるわけないだろ。ほら、この人、ここにホクロがあるじゃないか」

「なんでそんなこと知ってるの？　てか、蒼太のママに似てるから買ったの？」

気色の悪い生き物を見るような目つきでえりなに見られ、和平はずーんと沈む。

対照的に千明は「ねえねえねえ」とがっつり食いついた。「蒼太君のママってどういう人なの？」

「可愛い人だよ。ほんわかしてて癒し系。ちょっととろかったりして、すぐお皿とか割っちゃうような人」

「癒し系の天然系だ。好きなタイプじゃないですか」と楽しそうに和平を振り向く。

「それとこれとは違うんです」

「何が違うんですか。いいじゃないですか、好きなタイプでちょっといいなと思ってる女性がいてですよ。その女性とそっくりな人のグラビアが載ってて、しかも下着姿ですよ。男ならワクワクして当たり前ですよ。えりなもさ、そのくらい許してやんな」

「わかった」

「よし、解決」

「いやいや、何も解決してませんよ。その雑誌はですね、そもそも」

「なんだよもう、男のくせにウジウジウジウジ。今解決したじゃんか」

「したじゃんかって、あなたが勝手に解決って決めただけじゃないですか。乱暴すぎるでしょ」

「すいません、こういう性格なんで。いいかげん慣れてもらっていいですか？」

「イヤです。冗談じゃない。大体、おかしいですよ、そんなの。いるんですよ、あなたみたいなこと言う人。私、毒舌なんでとか、生まれつき口が悪くてつい思ったこと言っちゃうけど気にしないでくださいねとか言う人。冗談じゃない。なんでこっちがそれに合わせて我慢しなきゃいけないんですか。口が悪かったら直してください」

「直せませ～ん。直しませ～ん」

「そういうところなんじゃないですか」

「何がですか」

「ゆうべの話ですよ。その……あなたを嫌いになる理由」

「え……あぁ、その話はもういいです。忘れてください」

ふたりのテンションが一段落したところで、「私の話なんだけどさ」と典子が割って入った。

「尾行したらさ、不動産屋に入りやがった。女と暮らす部屋を借りようとしてるね、あれは」

それはちょっと考えすぎじゃないかと和平と千明は言うが、典子は聞く耳を持たない。

「だって、説明聞きながらでれ～っとして、にやにやにやにやしてるのよ！　あ～あ、私も浮気したい。なんでホストクラブはキャバクラに比べてあんなに高いわけ？　不公平だよ。どっかに真平じゃない天使はいないの？」

矛先が自分に向いたので、「あのさ、そのことなんだけど」と今度は真平が話しだす。

「俺、今まで天使をやってたじゃん。寂しいすべての女の人を少しでも幸せにするのが俺の仕事みたいな」

「その節はお世話になりまして」と千明がペコリと頭を下げる。

「結婚を機に、天使は廃業することにしました」

「そりゃそうだろ」と和平はあきれる。「何、威張って言ってんだ、お前」

「そっか、結婚するんだもんね。天使の結婚か……なかなかいいタイトルじゃない」と頷く千明に、万理子がぼそっと言う。

「天使とか天国がつくタイトルのドラマは、あまり当たらないというのが定説ですが」

「マジで？　私、何度かつけてる……だからか」

「真平が結婚かぁ……ま、今だけだけどね、楽しいのは」

「典子！」

「はいはい……で、千明はなんでそんな若作りなの？」

「またそこに戻るのかよ。いいよ、話しますよ。私、鎌倉に越してくる前にこっぴどく失恋をいたしまして。ポストイット事件と呼ばれるあれですが」

「そういうのあった。なんだっけ？」と典子がぐいと身を乗り出す。

「説明させていただきます。私に年下の彼氏ができまして、出会ってすぐ私のマンションで一緒に暮らしはじめたわけですが、ほんの数日経って、仕事が終わった私はお肉だなんだ食材を抱えいそいそ部屋に帰ったわけです。するとドアにペタッとポストイットが一枚。そこには……」

「〝ごめん、無理〟」と典子が先回りする。「なつかしい。笑えるよねえ」

「笑えねえよ。ま、いいや……その人が、突然現れまして……いろいろ困ってて私を頼ってきたわけ。ま、それだけって言えばそれだけなんだけどさ、行くとこないからウチ来ればなんて言ったら、来るなんて言いやがったもんで……ハハハ」

ゆうべの質問はそういう意味だったのかと和平は納得。万理子は強いショックを受けている。

「それで若作り？」

「若作りっていうか、そのころ彼が好きだった服ね。久しぶりに着てみたら、若作りなんて言われたわ。なんだか切ないっす……ハハ」

自嘲気味に笑ってみせる千明を見て、和平は余計なことを言ってしまったと後悔する。

「未練たらたらだなとか思われてるのはわかってんだけど、あまりにもあっけなくいなくなってしまったんで、嫌いになる時間もなかったからさ……あぁ、みっともねえな」

誰もかける言葉が見つからず、沈黙が訪れる。それを破ったのは、えりなだった。

「あの……間違いなく、遅刻だと思うんですけど」

着替える時間もなく、千明は若作りなマリンルックのまま和平とともに駅へと向かった。

電車を待ちながら、なんだか服を気にしている様子の千明に、「似合ってますよ」と和平がかなり手遅れなフォローをする。

「遅いですね……でも、どうもありがとうございます」

「あの……わかります」

「何がですか？」

「ちょっと違うのかもしれないけど、私も突然妻を亡くしたんで。本当に突然……キツいですよね、突然は……ずっと気持ちの整理ができないでいました。だからなんとなく、わかります」

「ありがとうございます」

「それと……ゆうべいろいろ考えてみたんですけどね、あなたをイヤになる理由。四十三個ほど思い浮かんだんですけど、聞きたいですか？」

「いいえ」と千明は苦笑する。「なんだよ、四十三個って」

「四十三で眠たくなっちゃったんで、きっともっとあると思います」

千明がどつこうと拳《こぶし》を握ったとき、ホームに電車が入ってきた。

講演会場の舞台裏で市長が入念にメイクの仕上げをしている。背後に立つ和平に向かって、鏡の中から「長倉さん」と不意に問いかけた。「みんな、私に何を期待していると思います?」

「え……やはり、市長の鎌倉への熱い思いと言いますか……」

市長は和平の答えを「つまらない男」と切り捨てる。「違うわ。みんな、私が失敗して、やっぱりあの女じゃダメか、死んだ旦那の市長はよかったけど、女房だっただけの女に市長なんて無理だろって思いたいのよ。だから失敗を期待している。失敗とか失言」

「いや、そんなことはないと」

「お水」

いつになくネガティブな発言に、いつも自信満々に振る舞っているが、この人もプレッシャーと闘っていたんだと和平は気づいた。ペットボトルの水を紙コップにそそぎ、市長に渡す。

「なぜ、あなたを指名したか知ってます?」

「邪魔にならないから……ですよね」

「絶対私が惚れないからです」と市長はきっぱりと言った。「つまらないこと言う男が死ぬほど嫌いなの。……『ボディガード』っていう映画はご存じ?」

「あ……ええ……ボディガードと歌手が恋に落ちる」

「素晴らしい映画でした。ああいうふうにはならないためにあなたを選んだの。スキャンダルでしょ、秘書となんて」

戸惑う和平に、市長は言った。

「口悪くてごめんなさいね。慣れて」

どこかで聞いたようなセリフだなと思いながら、和平は頷く。

舞台からは司会者が市長を呼び込む声が聞こえてくる。市長は立ち上がり、大きくひとつ息を吐いた。「絶対、失敗しない」

「頑張ってください。客席で拝見しております」

「……つまらないセリフ」

そう言い残し、市長は舞台へと向かう。いつものように胸を張って。

鳴らない携帯にため息をつき、パソコンでメールをチェックする。新たな受信はもちろん、あるはずもない。さっきチェックしたばかりなのだから。仕切りの向こうを見ると、三井や武田たちが何やらむずかしい顔で話し合っている。

千明はデスクに置かれた万理子の原稿に手を伸ばしかけ、やめ……しかし、辛抱たまらんという感じで手にとった。パラパラとめくっていたその手がやがて止まり、老眼鏡をかけると今度は真剣に読みはじめる。そして、ついには赤ペンで原稿に書き込みをはじめた。

脚本打ち合わせは完全に袋小路に迷い込んでいた。武田が腕を組んで口を閉じてから、優に五分は過ぎている。そのとき、副部長室から千明が出てきた。万理子の原稿をかかげ、言う。

「これさ、この脚本さ、長くない？　それで悩んでるんでしょ？　でも、細かいところまでよく描かれているし、どこを切っていいのかわからないみたいな？」

「そのとおりでございます」と万理子が答えたのを受け、千明は続ける。

「このさ、主人公の親友の女、いらないいんじゃないかな？　思い切って切っちゃいなよ。登場させない。で、その役割を主人公に背負わせる」

「それなら主役がおいしくない問題も解決されますね」と飯田が頷く。三井も「キャスト費も抑えられます」と目を輝かせる。

「……さすがですね、千明さん」

「でしょ」と武田を振り返った千明は、どんよりと落ち込んだその顔にハッとする。

「ダメだな、俺は……」

「あ、いや……客観的に読んでるからわかるっつーかさ」

「ありがとうございます。じゃ、その方向でやりましょう」

武田が声をかけ、みんなはそれぞれのデスクへと戻っていく。

やっちまった……。

みんなを一人前の作り手として育てていくのが自分の仕事だなんて大見得を切りながら、結局黙っていられなくて口を出してしまった……。

千明が喫煙ルームでどっぷり沈み込んでいると、三井が入ってきた。

「……やっちゃいましたね、私。ごめんね、三井さん」

「大丈夫ですよ」

「こういうとこがウザいのかもなぁ……あんときも、こういうことしたんだろうなぁ……」

「あんとき？　あ、これのころのことですか？」と長い付き合いの三井は得心した表情で千明の服を指さす。

「わかっちゃうよね、三井さんには」

「わかっちゃいますね」

「脚本書けなかったんだよ、あいつ。才能ないわけじゃないけどさ、コンクールで入賞してもプロの仕事ってまた違うじゃん。突然消えたのも、それが理由だったのかもなぁ。あのころ、私、絶好調だったじゃん……あいつ、口では俺、連ドラ向いてないからみたいにカッコつけて言ってたけど、本当はものすごく焦っててさ……私のそばにいるのつらかったんじゃないかって思うんだ。こういうの書けばいいじゃんって平気で言ってたもんなぁ、私」

「言ってましたね」

「なんか最近、余計なことばっか考えちゃうんだよなぁ。仕事つまんないからかなあ……」

「千明さん……」

そこに万理子が入ってきた。決意に満ちた表情で、ずいと千明の前に立つ。

「あの！　私、これに応募してみようと思います！」

そう言ってシナリオコンクールのチラシを見せた。

「これに入賞し、人気脚本家になります！　そして、そして……プロデューサーは吉野千明様でないと私は書かないと宣言いたします！」

「万理子……」

感極まる千明よりも先に、三井が万理子を抱きしめた。

「三井さん……やわらかい」

講演会場で市長と別れた和平は、近くの海岸へと足を延ばしていた。観光推進課の仕事は全部田所に押しつけてきたから、今日はもう役所に戻る必要はない。強い海風に吹かれながら、自分に対する市長の評価——邪魔にならなくてちょうどいいけど、つまらない——について考えていると、アイスクリームの移動販売店に並んでいる薫子の姿が目に入った。自分の番が来て、ものすごくうれしそうにソフトクリームを受け取っている。

和平が眺めていると視線が合った。薫子は顔をほころばせ、ソフトクリームを持っている手を和平に向かってぶんぶん振る。ぽとりとクリームが地面に落ちた。

「あ〜！」

思わず拾って食べようとする薫子に、和平があわてて駆け寄る。

「ソフトに三秒ルールなんてないですから」

「だって、もったいない」

「おごりますよ。僕も食べたかったんで」

「本当ですか？　やった」

ソフトクリームを食べ終えたふたりが海岸沿いの道を並んで歩いている。

「私たちって似てますよね」と薫子が言う。「私は主人、長倉さんは奥様を亡くされて、中学生の子どもがひとり」

「そうですね」

「再婚とか考えないんですか？」

「……どうですかね」

「私は……したくない。もうこりごりです」

その強い口調に、和平は意外そうに薫子を見る。

「死んだ人を悪く言うのはあれですけど、最悪な人でした……人間のクズ。離婚しようと思って毎日もめてて怒鳴り合いで。そんなとき、突然事故で亡くなりました。だから、今、とってもおだやかです。毎日が何をしてても楽しくて楽しくて」

「……そうでしたか。そんなふうには見えませんでした」

「でもね、寂しいと思うときもありますよね。ずっとこのままなのかなって思うと……」

「あ……ええ」

「そうそう、噂なんですけどね、鎌倉には私みたいな寂しい女性のための天使がいるんですって。知ってます？　聞いたことあります？」

和平は内心の動揺を抑えながら、「噂では……」と答えた。

「本当にいるんだ」と薫子は顔を輝かせた。

「なんかいい男らしいんですよ。寂しそうにしてる女性にね、僕になんかできることある？って声かけてくれるんですって」

「なんか、そうらしい……ですね」

「会ってみたいです。私の前に現れてくれないかなぁ。でも、実際に声かけられたらどうしよう……私、逃げちゃうかもなぁ」

和平は少し安堵して、言った。

「あの、これも噂なんですけど……天使は引退したらしいですよ」

「え〜、そうなんですかぁ」

「まぁ、噂ですけど」


そのころ、当の天使は知美とデートの真っ最中。知美の驚きの発言に、「どういうこと？」と聞き返していた。

「だから、真平はずっと天使でいていいの。私ね、いろいろ考えたんだ。そもそもなんで真平を好きになったのかとか、自分のために真平のよさっていうか、そういうのをなくしてしまっていいのか、それで真平は幸せなのかとか、いろいろ」

天使引退を宣言して以来、寂しげな女性に声をかけそうになるのを必死に我慢する真平の姿を何度も見てきた。そのときの真平の心苦しそうな顔が、ずっと知美の頭から離れなかったのだ。

「でね、結論として、いいんじゃないかって思ったわけ。あなたはあなたのままで。女の子としてはつらいけど、あなたは天使をやって、私はそれを認める。許す。でも、あなたの帰ってくる場所は私。まぁ、毎回ケンカにはなると思う。でもね、そういう男と女がいてもいいんじゃないかって。いや、何が悪いんだ、文句あるかって、そう決めたの。これが私の愛です」

「……そうなんだ」

「はい」と知美はすっきりとした表情で真平を見つめる。

「あ……えっと……ありがとう……？」

「うん」


家へと続く路地の暗がりにうずくまっている男がひとり。千明はギョッと立ち止まり、恐る恐る声をかける。「……涼太？」

男がむくっと立ち上がる。涼太が申し訳なさそうに千明を見つめる。

「ホントに……来たんだ……」

同じころ、局のスタッフルームでは万理子が涼太の書いた台本を読んでいた。自分の目指すシナリオコンクールの第一回大賞受賞作である。

「あ、高山涼太さん？」と表紙を見た飯田が万理子に訊ねる。

「ご存じで？」

「うん。千明さんの元カレ……ポストイットの」

飯田の言葉に万理子の思考が一瞬ショートする。

「どうしたの？」

「いえ。ただいま混乱中でございます。愛する方を傷つけた許せなさ、つまり怒りと嫉妬心。そして第一回受賞者としての憧れ……それらの感情が今、頭の中をぐるぐるぐるぐるぐると」

いっぽう、涼太もまた自分の書いた台本『絶望の国の恋人たち』を手にとっていた。千明の本棚に並べられていたたくさんの台本の中にあったのだ。ページを開くと一枚の写真がはらりと落ちた。拾い上げると、それは自分と千明のツーショット写真だった。しかも、千明の着ている服は、今日の服とまったく同じである。

「なんの写真？」

缶ビールを手に台所から戻ってきた千明は、涼太が手にした写真を覗き込み、

「うわっ」と悲鳴を上げる。「そこにはさんでた？」

「ご、ごめん……あ、服」

「あ……いや、かぶってるよね」

「物持ち……いいね」

「そうなの……気に入ってるんだ」

動揺した気持ちをどうにか立て直し、「ひとつ教えてほしいことがあるんだけどさ」と千明は涼太に訊ねた。自分の何が無理だったのかを。

「言ったほうがいいよね」

涼太は千明へと向き直り、言った。


駅に着いたとき不意に薫子が訊ねてきた。異性の友達はいますかと。恋愛関係ではなく、なんでも言い合える親友のような女性の友達ですよと言われ、和平はすぐに千明を思い浮かべる。

「ええ……います」

「うらやましいなぁ。私、異性の友達っていないんですよ。できたことないんです。幼稚園から大学までずっと女子ばかりで、大学出てすぐにできちゃった結婚しちゃったから……もちろん、それまでにも恋愛はしてたんですけど、でも、それだけで……つまり、男の人とは恋愛しかしてないんですよね。それに、私、どうやら男の人に媚びてるように見えるらしくて。自分としては普通にしてるだけなんですけどね。なんか仕草とかしゃべり方とか。それに運動神経も悪いんでとろいし……そういうの全部ひっくるめて媚びてるって、女子高のときとか結構攻撃されました」

「そうですか」

「そんなだからか、男の人ともサバサバした関係になれないんですよね。だからいまだにひとりもできたことないんです、男友達……憧れるなぁ。でも無理なんですよね、私には」

「そんなことないと思いますよ」

「そうですか?」

「もし、よかったら……私でよかったらですけど、友達になりませんか」

「え……」

言葉を失い歩みを止める薫子に、和平は焦る。

「あ、いや、ちょっと調子に乗りました。すいません」

「うれしい」

感動して涙ぐむ薫子に、和平はどうしていいのかわからない。

「こういうところが媚びてるって思われるんですよね」

「思わないですよ、そんなふうに」

「……ありがとうございます。じゃ、よろしくお願いします。恋愛にならない友達」

「はい。よろしくお願いします」と和平も微笑む。

「ま、あんたなら大丈夫。一緒にいてもな〜んも感じないし」

急に乱暴な口調で言われ、和平は戸惑う。

「みたいなことを言い合えるのが理想なんです」

「あ……今からですよね。ハハハ。あぁ、びっくりした。急に変わるから」

薫子は和平にふわっと微笑むと、駅の中へと去っていく。


「……マジで?」

思いもよらなかった涼太の答えに、千明は呆然となる。

「ごめんなさい」

深々と頭を下げる涼太に、「そっか」と頷き、千明は缶ビールのプルトップを引いた。あふれた泡が千明の手を濡らす。

そっか……単なる私のひとり相撲だったのか……。

第3話　過去の恋は、笑って葬れ

　なぜだか上機嫌の典子と少しモヤモヤを抱えているような真平、そして目の下に大きなくまを作り混乱の極みにいるような万理子、相変わらずけだるい雰囲気を醸しだすえりな……今朝の長倉家のリビングはいつにもましてそれぞれのコントラストが際立っている。和平はというと、薫子とのこともあり、ちょっとだけ心弾んだ感じ。

　そこに「おはようございまぁす」と静かに千明が入ってきた。みんなはその後ろにいる涼太を見て、怪訝な顔になる。

「高山涼太……」

　万理子は手にしていた台本にあった顔写真と見比べ、驚きの声を発した。

　千明は涼太をみんなの前に立たせ、紹介する。

「高山涼太君と言いまして、しばらくウチにいることになるので紹介しとこうかなと……私がいないときに不審者だと思われるとあれなんで。そういうふうにもちょっと見えるしね」

　涼太はみんなにペコリと頭を下げる。万理子を除き、長倉家一同も会釈する。

「え？　何？　千明の新しい男？　そうなの？」

興味津々の典子に、どうやって説明しようかなと千明が思案していると、万理子が言った。

「通称ポストイット男。千明様を奈落の底に突き落としたといわれる人物です」

「なんであんた知ってんの？」と千明は万理子をうかがう。

「へぇ……あ、俺、真平。千明の元カレ同士っすね」

「あ、エンジェル……？」

「そうそう、エンジェル真平君。でも、結婚を機に引退するんだよね、天使は」

「あ、うん……」と曖昧な返事をし、真平はキッチンへと戻る。

「で、この美少女が」

「あ、どうも、えりなです」

「で、万理子ね。ユニークで将来有望な脚本家で、私の仕事上の恋人」

万理子は涼太とは真逆の和平に顔を向け、挨拶する。「恐れ入ります。万理子と申します。お見知りおきを」

「どっち向いてんだよ、お前は」

「千明、私は？　私、私」

「こちら要注意人物だから気をつけて。ファンキー主婦の典子」

「要注意って何よ。ま、幸せだからいっか、なんつって」

「何？　どうしたの？」

「いや、それがさ」

話しだしそうになる典子に、和平が割って入った。「俺がまだだから、俺が」

「で、こちらが長男の和平さん」

「はい、よろしく……って、何もなしですか？　キャッチフレーズみたいなのは？」

「ありますよ。つけましょうか？　母と娘の二股お見合いした男とか美しい女流作家に体を求められたのに断った意気地なし男とか」

「吉野さん、もういいです。余計なことを言いました。どうぞ、お座りください」

「どうも」と涼太は席に着く。

「終わった？　お兄ちゃん。で、あれだ、より戻ったんだ。よかったじゃん、千明。おめでとう。よかったよかった。幸せなのが私だけだとなんだかねえ」

「いや、そうじゃないんだよね。よりが戻ったわけじゃなくて、単なる友人としての同居っていうことなんだよね。だって二階と一階だもんね」

「あ、はい」

「そんなことありえないでしょ、男と女で」

「そりゃあんたの場合でしょ」

「無理に決まってるわよねえ。どうよ、お兄ちゃん」

「え？……いや、典子とは違う意味で自分にはできないかなぁとは思いますけど……あの、悪いとか言ってるんじゃないんですよ。ただ自分にはどうも……」

「まぁ、そうでしょうね」

そこで、えりなが口をはさんだ。「でも、お父さん、蒼太のママとお友達になるって約束したんでしょ？」

「お前、なんで知ってんだ」と和平は焦る。

「蒼太が電話で言ってた。お母さん、スゴいうれしそうだったたって。お父さんのほうから言ったんでしょ？　友達になりませんかって。それがすごくうれしかったんだって」

「いや、その前にいろいろあるんだって」

「へえ、例の癒し系グラビアの？　よかったじゃないですか」と千明が和平の弁明をさえぎる。

「いやいやいや、それはあくまでもですね」

「ていうかさ、なんで千明と涼太君は別れたの？」と今度は典子が話題をぶった切った。典子にとっては兄の女友達の話なんかより、千明とポストイット君の話のほうが断然気になるのだ。

「千明のどこが無理だったわけ？」

千明の表情からあまり話したくないのだなと察し、「典子、お前なんかいいことあったんじゃないのか？　なんだよ、言ってみろよ」と和平が話をそらす。

「あ、そうだったそうだった」と典子が乗っかり、千明は和平の心づかいに感謝する。「それがさ……」と典子が話そうとしたとき、「ちょっと待った」と千明が止めた。

「ここに固まってる人がひとりいる」

みんなの視線が万理子に集まる。万理子は涼太に目の前に座られ、どうしていいのかわからなくなっていた。

「どうした？　万理子。今、頭の中にあることをそのまま言ってごらん」

「はい……私、吉野千明を崇拝している者といたしましては、この方は憎悪の対象でございます。何しろ、千明様にあれだけの仕打ちをし、心に傷を負わせた張本人であるわけですから。許すわけにはいきません。だがしかし、脚本家を目指している私といたしましては、この方は憧れの対象でもあるわけです。なぜならシナリオコンクールの第一回受賞者ですので。できればアドバイスいただきたいという気持ちを抱いてしまうわけで……私の心は恋を含む忠誠心とこの方への憧れのふたつに引き裂かれているわけでございます」

「そっか……こういうふうに考えて、万理子。この人にこっぴどく振られなければ、私は鎌倉に来ることにはならなかった。長倉家のみんなとも、万理子とも出会うことはなかったんだよ」

しばし考えたあと、「……おぉ、なるほど」と万理子は納得する。そうして、涼太をじっと見据え、「よくぞ千明様を奈落の底へ突き落としてくださった」と手を差し出す。

「あ、いや」と涼太がおずおずとその手を握ると、ゴツゴツした男の手の感触に、万理子は我に返り、声にならない叫びを上げた。万理子の異次元のリアクションは、涼太にはわけがわからない。

「あの、毎回同じ展開で申し訳ないですけど、遅刻ですよね、明らかに――」

えりなの声で和平と千明が弾かれたように席を立つ。典子が声を上げた。

「ちょっと、私の幸せな話は！」

「五秒でまとめて！」

「なんなのよ、それ。ウチの旦那の話だけど、家を買おうとしてたのがわかったのよ。愛人との家じゃなくて我が家よ、我が家！　サプライズでプレゼントしようとしてるのよ！　私に。もう、どうしよう。だってね」

「オチは？」

「オチなんてないわよ！　普通のいい話よ！」

「なんだおめでとう。行ってきます！」

「よかったな、典子。引っ越すならなるべく遠くにな。南極とか北極とか。行ってきます！」

バタバタとふたりが出ていき、「なんなのよ、もう！　つまんない！」と典子が叫ぶ。

これが千明が言っていたコメディかと思わず涼太は笑ってしまう。


うなぎの皮の焼ける香ばしい匂いが漂う店内、千明と祥子と啓子が白木のカウンターに並んでいる。昼時なのにそれほど混んでいないのは、なかなかに値の張る老舗うなぎ屋ゆえである。

急な呼び出しを詫びる千明に、啓子が言った。

「もしかして、あれ聞いちゃった？　涼太君に私のどこが無理だったのって。ダメだよ。男はそういうの萎えるんだよ」

「おせえよ」

「聞いちゃったんだ」

「思い切り、聞いちゃったよ」

「うわ……」と祥子が頭を抱える。「で？」

「落ちましたよ……地の果てまで落ちました。そもそもさ、どこが無理とか以前の問題だったらしいんだ。最初からべつに私のことなんか好きじゃなかったんだって」

「何それ」

コンクールで賞はとったものの、いざ脚本家を仕事にしようとしたら全然うまくいかなかった。そんなときにたまたま当時売れっ子プロデューサーだった千明と飲み屋で知り合い、この女と付き合えば大きな仕事を回してもらえるかもしれないと、涼太はそう考えたのだ。

千明の話に、祥子と啓子は絶句する。

「クラッとくるでしょ。でも、もともと図太いほうでもないしさ。私がどんどん自分に本気で惚れていくのを感じて、罪の意識に耐えかねて……」

「〝ごめん、無理〟」

「そういうこと」と千明は頷く。「でね、実はポストイットはもう一枚あって、そっちには〝もう騙せない。俺は最低です〟って書いたんだって。でも、風で飛ばされちゃったのかな」

あまりの悲惨な状況に、ふたりは声も出ない。

「これ相当キツいよね。イタいでしょ、私。イタすぎて笑うこともできないっしよ？　一緒にいた間のさ、私が言ったこと、したこと、感じたこと、全部さ、もうイタさ満載って感じでしょ。でもね、でもね……本当ならさ、打ちのめされてもう人生終わったって感じなんだろうけどさ、それイヤなんだよね、私。なんか負けたくないわけ。こんなことで落ち込みたくないんだ」

千明の言葉に、ふたりは強く頷く。

「でもさ、ここで質問なんだけど……そんなことされてもさ、あいつのこと嫌いじゃないんだよね、私。もちろん、好きってわけじゃないよ。でもさ、嫌いじゃないんだよ。これって、何？」

「それは千明がいい女だってことだよ」

祥子の答えに、「そうだね」と啓子も同意する。「いい女だよ、千明」

「ありがとう……食べよう。特上のうなぎを食べる特上の女たちだよね」

そう言って、うな重のフタをとったが……。

「ごめん、一回泣かせて」

啓子と祥子の前で、子どものように泣く千明だった。


鎌倉はかつて多くの文豪たちが愛した地である。あてもなく緑に囲まれた道を進んでいくといつの間にか寺社の中にいたりする。自然と文化の調和のとれた融合に、心が落ち着き、頭も澄んでくるような気がする。

ここで暮らせば、もしかしたら自分にも創作の神様が降りてくるのでは……なんて淡い期待を抱きながら涼太は歩を進める。しかし、閃《ひらめ》きは一向に訪れない。そんなに簡単ではないか、と千明の家へと引き返したとき、仕事に向かう万理子にばったり出会った。

挨拶を交わし、去ろうとする万理子に「あの」と涼太が声をかける。

「先輩からの珠玉のひと言アドバイスでしょうか」と目を輝かせてスマホにメモをとろうとする万理子に、涼太は言った。「俺、全然ダメだから」

「ダメとは？」

「たまたまだから、コンクール」

「たまたまでは入選しないと思いますが。たしかコンクールの選評では、ビビッドなセリフとセンシティブな心象風景が個性的に描かれているとほめられておりましたが」

「それ、意味わかる？」

「いえ、皆目」

「雰囲気だけで中身がないってこと。だから、俺なんか全然ダメだから」

去っていく涼太を見送っていると、なぜだか心臓がトクンと鳴った。万理子は自分の胸に手を当て、首をかしげる。

役所の近くのそば屋で和平と知美が向かい合っている。話があるからと知美に誘われたのだ。切り出された話の意味がわからず、和平は「どういうこと？」と知美に訊ねる。

「ですから、真平さんに天使のお仕事を続けてもらうことにしました」

「いや、あれは仕事じゃないし……そうなの？」

「真平さん、言ってませんでした？」

「いや、逆のことを言ってたよ……」

「真平さんが単なる浮気性とかいうんなら、私だって許さないですよ。縄で縛りつけてでも束縛します。でも、違うじゃないですか、真平さんは。なんかつらそうだったんですよね。寂しい女の人がいるのに何もできないでいる真平さん。そういうのイヤなんです……それに、絶対ダメって言って、でも、ああいう人だからほっとけなくてみたいなのを心配して生きるのはイヤなんです。だったら、いっそのこと許して認めてしまおうと思ったわけです」

「でもさ、無理してない？」

「無理したいんです」と知美は微笑む。

そこに注文したそばが来た。とりあえず食べようかと箸を割ったとき、和平の携帯が鳴った。

「イヤな予感がする」と着信表示を見ると、案の定市長からだった。

「はい、長倉でございます。市長、どうも……大至急ですか？　承知いたしました」

和平は携帯をしまうと、急いでそばをかき込むが……。

「あっち！　なんでよりによってカレー南蛮なんか」

「食べときますよ、私」

「あ、そう？……悪いね」と和平が立ち上がると、「ごちそうさまです」と知美が伝票を渡す。

「え？……あ、いえ、とんでもない」

「行ってらっしゃい！」

「みんな、ごめん、集合してくれる？」

千明の声に、スタッフみんながデスクを離れ、集まってくる。

「どうしました？　千明さん」と訊ねる三井に、千明は複雑な表情を向ける。

「なんか微妙なお知らせが二点ほどありまして……まず、今、みんなが進めているドラマね。とりあえず保留です」

　途端にスタッフルームは重い空気に包まれた。武田は大きなため息をつき、つぶやく。

「僕のせいですね……」

「武田、気持ちはわかるけど、そういうのやめな。私、あんたの上司だからね。査定に書いちゃうよ」

「全然大丈夫です！」と武田は背筋をしゃんと伸ばす。出世に響くよ。「さぁ、次、次！」

「中身に問題があるわけじゃないの。あくまで編成上の話。なくなったわけじゃないから気を落とさないようにね。ね、万理子先生」

「はい。落としません」

「もうひとつのお知らせとは？」と三井がうながす。

「あぁ、うん。隣の班がさ、次のクール、連ドラ進めてるじゃない。あれ、主役の都合で飛んだんだって。さらに次のクールになった。てことは、枠が空白になったわけで、それをこの班で埋めろと言われました」

　歓声が上がり、一気にムードが明るくなる。が、三井は冷静だった。「ということは……放送は間近に迫ってる。企画ゼロ、役者ゼロの状態で今から始めるということですか？」

「そういうことです。怖いでしょ。これは大変だよ。ありえないくらい大変だよ」

ようやくみんなも事態をのみ込み、静かになる。

「で、急場につき、この作品は私、プロデューサーに復帰させていただきます。もちろん、武田と連名でね」

「お～～～」と一同の安堵の声に、武田はちょっと複雑。しかし、自分ひとりでこんな厳しい状況を乗り越えることなど不可能だという自覚はもちろん、ある。

「ハハハ……よかったよかった。査定大事査定大事」

「よし、やっちまうか！」

千明の号令に、みんなが「はい！」と声を合わせる。


市長の用件を済ませた和平は空腹を満たすために、田所を連れて立ち食いそば屋へと入った。市長室を去り際に、嫌いな女性のタイプを聞かれたのだが、市長の真意が和平にはよくわからなかった。ぼんやりとそのことを考えていると、店の前を涼太が通りがかった。忙しく歩いていく人とぶつかり、「すみません」とあやまっている。

大丈夫かな……あの人……。

気になってしまうと、もうダメだった。和平はうまそうに湯気をたてているカレーそばを田所にゆずると、涼太を追って店を出た。声をかけ、近くのカフェに入る。

　和平はウエイトレスにカレーを注文し、これでようやく昼メシが食べられると安堵する。

「ごめんなさい。腹減っちゃって。ハハ」

「あ、いえ」

「どうですか？　鎌倉」

「いいとこです……じじくさいけど」

「たしかにね」と和平は笑う。「でも、うれしいです。気に入ってくれて。僕、こういうことをやってるもんで」と涼太に市役所の職員カードを見せる。

「はい。千明からいろいろ聞いてます」

「どうせ悪口ばっかりでしょ？」

「はい」と涼太は即答する。「でも、面白かったです」

「そうですか」と和平は苦笑する。「全部ね、ウソですよ」

「ウソじゃないって言ってました」

「そうですね」と和平は渋々認める。

「でも、和平さんの話が一番長かったです。なんかずっと話していたかったんだと思います。話をそらすっていうか……イヤな話に戻らないために」

どういうことか、と和平は首をかしげる。

「すごく傷つけること言ったんで、俺……その話、なるべくしたくない……みたいな」

「つかぬことをうかがいますが、それは……吉野さんと別れた理由のこと？」

「どうしてですか？」

「いや、あなたが現れて……自分の何がイヤだったんだろうとか、何が無理だったんだろうって考えてたみたいだったから、彼女。多分、そこを克服っていうか、直したいって思ってたんじゃないのかな」

「……最低ですね、俺」

涼太は懺悔をするかのように、和平にすべてを打ち明けた。

「それは……本当にキツいな。それを言われて、どんな気持ちだったか考えるだけで……」

「……はい」

「でも、彼女は普通に君を受け入れた」

「……はい」

大人は、切ないなぁ……。

千明の内心をおもんぱかり、和平は静かに息を漏らした。

三井と飯田にはとにかくスケジュールの空いている役者を押さえさせ、武田には監督を当たらせている。万理子はこっちが指示する前に、ドラマ化できそうな小説や漫画をかたっぱしから探してくれている。あとは……脚本家か……。

千明は一緒に組めそうな脚本家を考えながら携帯の電話番号一覧をスクロールしていく。ふとある番号で手が止まる。顔を上げると、忙しそうに働いている万理子の姿が目に入った。

その瞬間、千明のなかで何かが閃いた。


着信音がして、涼太は「すいません」と携帯を取り出した。「あ、千明だ」

「出て、出て」

「もしもし……え、お金？　あるけど……すぐ来いって、どこに？」

電話を切った涼太は和平に言った。

「なんかすぐ局に来いって。走って、来いって」

「じゃあ、すぐ行かなきゃ」

「はい！」

店を駆けだしていく涼太を苦笑で見送り、和平はカレーへと手を伸ばす。

長かった……ようやく昼食にありつける。スプーンにのせたカレーを口に運ぼうとしたまさにそのとき、ふたたび店のドアが開いた。

「すいません！　駅、どっちですか⁉」


チームのみんなに声をかける千明の姿を、スタッフルームの隅っこで居心地悪そうに涼太が見ている。自分の周りにみんなが集まると、千明は話しはじめた。

「え～、今回の連ドラ、最悪のスタートです。決まっているのは間近に迫った放送日だけ。役者もまだ、監督もまだ、もちろん企画もまだ。で、最初に決まったのが脚本家の先生です」

その言葉で、みんなの視線が涼太へと集まる。千明は隅にいる涼太をみんなの前に引っ張り、そして、その隣に万理子を立たせた。

「今回はこのふたりに組んでやってもらいます」

呆然とする万理子の横で、涼太があわてる。「ちょっと待って」

「待ちません」と千明は話を続ける。「この長倉万理子はとってもいい脚本を書きます。構成力がすごくあって、ストーリーを緻密に組み立てることが得意。そして、いろんな意見を臨機応変に取り入れて、作り上げる力がある。ただ、最初から現場で必要とされる脚本を書いてきたから自分から発信した経験がない。何が書きたいのか、自分でもわかってない」

千明の指摘に万理子は頷く。

「で、高山涼太。この人はゼロから自分の書きたいものを書いて認められた人。でも、それだけ。最初は書きたいものがたくさんあったんだろうけど、あれはやだ、そういうのは好きじゃない、ありがちだ、くだらない、大衆に迎合しすぎだなんて言って、やりたくないものがどんどん増えていって、そのうち何が書きたいのかすらわからなくなってしまった。そういう作家です」

あまりに図星すぎて、涼太は頷くことすらできない。

「私ね、ドラマっていうのは長倉万理子的なものと高山涼太的なものの両方がないとダメっていうか、面白くないと思うんだ。このふたりは、どちらもまだまだ半人前です。でも、力を合わせたら一人前どころか、それ以上の力を発揮するんじゃないかと、私、ピンと来ちゃいました。どうかな三井さん」

「千明さんの直感は当たりますからね」

「うん……というわけで今日から、いや、たった今から取りかかってもらいます。よろしくお願いします！」

千明が拍手すると、スタッフ一同も一斉に拍手。万理子は感激で顔を紅潮させながら、「よろしくお願いいたします」と頭を下げた。

いっぽう、強い戸惑いのなかにいた涼太も徐々に実感が湧いてきた。

書けるんだ……。

連続ドラマという檜《ひのき》舞台で、俺は書けるんだ……。

凍えた手を暖炉の前にかざしたときのように、こわばっていた表情がやわらかくなっていく。

「よろしくお願いします！」

深々と頭を下げる涼太に、スタッフみんなのあたたかい拍手がふりそそぐ。

顔を上げた涼太から勢いよく右手を差し出され、万理子はおどおどとその手を握る。拍手のボリュームがさらに上がる。

「よし、じゃ、さっそく企画会議始めるよ！」

みんなが準備のために自分のデスクへとパッと散る。

自室に戻りかけた千明を涼太が呼び止めた。千明は振り向き、言った。

「なんでこんなことしてくれるんだって話？」

「あ、うん」

「だって、そのために近づいたんでしょ？　だったら、応えてあげるよ男らしく」

「……女でしょ」

「まぁ、そうだけど」と千明は笑う。

「ありがと」

「いいから、会議はじめるよ。万理子は何してるのかな?」

涼太に触れられた右手を見つめ、固まっていた万理子がハッと我に返る。

「私は一体、何をしていたのでしょうか……?」

「行くよ、万理子」

「は、はい!」


徹夜するつもりで新ドラマの準備を進めるスタッフを残し、千明は鎌倉へと戻ってきた。さすがにこの年になると徹夜仕事はキツい。無理をすればそれがのちのち響くということは、もう十分に思い知らされている。

極楽寺の駅で同じく仕事帰りの和平と出くわし、少しだけ飲むことになった。珍しく和平のほうから誘ってきたのだ。

魚のうまい居酒屋に入り、いきなり日本酒で飲みはじめる。ちょっとだけという約束だったが、そのわりに和平もなんだか飲む気満々だ。

「マジで?」

和平の学生時代の失恋エピソードに笑い転げながら、千明は冷酒の入ったグラスをあおる。

「マジですよ。私、振られてばっかりで。一番悲惨だったのが、初恋ですからね」

「なんでですか？」

「小学校のとき、男子の間でラブレターが流行ったんですよ。しかもウソの」

「どういうことですか？」

「誰かがイタズラで始めたのがきっかけなんでしょうけど、たとえば私があなたの名前で勝手にラブレターを送るわけですよ」

「なかなかファンキーな小学生ですね、それは」

「で、私にも当時、好きな女の子がいたわけですよ。しのぶちゃんっていうんですけど、ま、おとなしい感じのなんていうか」

「癒し系だ。そこは一貫してますね」

「べつに小学生のときに癒しは求めてませんけどね。でね、ある日、家に帰ったら、ポストの中にしのぶちゃんからの手紙が入ってたんです」

「あらら、ウソの？」

「いや、本物でした。誰かが私の名前で彼女にラブレターを出して、彼女真面目だったから、それを真に受けて返事を出したんですね」

「あぁ、なるほど」

「なんて書いてあったと思います？」

「わかんない。面倒くさい、考えるの。早く言って」

「少しは考えろよ！」とツッコんでから、和平は言った。「……クラスで一番嫌いです」

「うわ」

「キツくないですか？　べつにしのぶちゃんが自分のことを好きでいてほしいなんてみじんも思ってませんでしたよ。でも、彼女のことをいいなぁっていう、それくらいの気持ちはいいじゃないですか。そんなふうに淡いままで終わるもんでしょ、初恋なんて。それなのにクラスで一番嫌いって……」

千明は体を折り曲げ、目に涙をにじませている。

「ちょっと、笑いすぎですよ」

「いやいやいや……」

「あ、あとね、もっと悲惨だったのが」

「あ」と千明はピンときて、和平をうかがう。「もしかして……涼太になんか聞きました？」

「え？　あ、いや」

「やっぱ、そうなんだ……で、自分の悲惨な話で私をなぐさめてくれてるんですね」

「いやいや、そういうんじゃ」

「ありがとうございます。うれしいっす」と千明は和平のグラスに酒をつぐ。

「いやいや……あの、ひとつうかがっていいですか？」

「はい」

「その……涼太君のこと、なぜ、あなたはそんなに普通に受け入れるんですか？　仕事までも」

和平も、なんとなく千明の答えはわかっている。

「……塗り替えたいんでしょうね。記憶とか思い出を。傷を残さないために、塗り替えようとしてるんです。涼太との思い出も、涼太のなかにあるイタい私の記憶も……新しい思い出に変えてしまえばいいんだって。今どきの言葉でいうと、記憶を上書きするっていうんですかね。わかります？　上履きじゃないですよ」

「なんですか、それ」

「ちなみに私はウワバミですけど」

「何うまいこと言ってんですか」

「ていうか、さっきの続きしてください。悲惨な話で私をなぐさめてください。ほら早く」

「もういいでしょ」

「何言ってんすか。やさしくするなら最後までやさしくしなさいよ。朝まで私をなぐさめなさい」

「出た、女王様発言」

「ほら、飲んで、飲んで。そして話して」

「ちょっと一杯のはずが、結局はぐでんぐでんに酔っぱらったふたりは、千鳥足で家路をたどっていた。よろけて塀にぶつかる千明を、「大丈夫ですか」とあわてて和平が支える。

「大丈夫、大丈夫」と答えながら、急に千明が笑いだす。

「なんですか」

「いや、そういえば、かつて、しそうになったことありましたよね、私たち。あんときはほら、ホテルが満室で未遂に終わったわけじゃないですか」

「ええ、そうでしたね」

「あれ、空いてたらどうなってたんでしょうねえ」

想像して、千明は噴き出した。

「なんですか、何かおかしいんですか」

「いやいやいや……ちょっと想像してみたんですけどね、ハハ、似合わねえ」

「何がですか？」

「似合わないんですよ、あなたは。裸とかベッドとか色っぽいの全部」

「何言ってんですか。これでも鎌倉じゃ有名なんですよ。羊の皮をかぶった狼って」

「やめてやめて、息ができない」

深夜の鎌倉にふたりの笑い声が響いていく。


ベンチに座って夜の海を見ている寂しそうな女性の後ろ姿に、真平は足を止めた。知美にはああ言われたものの以前のように自然に声はかけられない。逡巡し、やっぱりダメだと女性から顔をそむけた真平の目に、知美の姿が飛び込んできた。

いつから自分のことを見ていたのだろう。

道の向こうで知美は微笑み、頑張れとでも言うように親指を立てた。そして、クルッときびすを返して、去っていく。

真平は複雑な思いを抱えながら、女性のほうへと歩いていく。

「あの……大丈夫……ですか?」

振り向いたのは薫子だった。

「鎌倉の……天使?」

薫子の顔がパアッと輝く。


翌朝、千明が二階から下りると、たくさんの資料や本に埋もれながら涼太がテーブルに突っ伏すように眠っていた。どうやら朝方に帰宅してからも仕事をしていたようだ。

幸せそうなその寝顔にちょっとキュンとなり、千明は「ヤバいヤバい」とひとりごちる。

しばらく縁側でなじみの野良猫とたわむれていると、涼太が起きる気配がした。

「起きたか、先生」

目をしばたかせ、涼太は苦笑する。

「どうだった？　企画会議は」

「なんか、あんまり……」と首をかしげつつも、「でも、楽しい」と涼太は微笑む。

「俺、頑張るから」

「うん。頑張ってもらわないと困るんだ」

「はい。千明さ……あのころ……俺……わかんなかったけど」

「うん？」

「いい女だよね」

またもハートが切なくうずく。千明は動揺を隠し、「遅いんだよ、気づくのが。ねぇ、サブロー」と猫へと視線を移す。

そのとき、バタンとドアが開き、典子がドスドスと足音を響かせて入ってきた。

「しょうがない」とまた出ていく。しかし、五分もするとふたたび戻ってきた。そして、涼太をなめるように見つめると、「うん、それもありだな」と近づいていく。思わずあとずさる涼太から視線を外さず、典子は言った。

「千明、ここで三人で暮らそう」

「何バカなこと言ってんの。あんた、男と女で同居は無理だって言ってたじゃん」

「そうなったらなったで私はかまわない」

涼太の背中に悪寒が走る。

「俺、ちょっと」と資料をかき集め、涼太はこの場を去ろうとする。

「待ちなさい」

「逃げて！」

玄関に向かった涼太の前に、万理子がいきなり現れた。

「わ！」

ブレーキも間に合わず、涼太は万理子を抱きとめた。

「！」

「何よ、なんなのよ、いきなり」

涼太の姿を見て、典子の足が止まる。「そうか、いるのか」とため息をつき、

「千明～」

「ごめん。大丈夫？」

近づいてくる涼太の顔に、万理子はクラッとしてしまう。男性の顔をこれほど間近に見たのは一体いつ以来だろう。

そこに千明と典子がやってきた。腰くだけの状態で廊下にぺたんと座っている万理子に、千明は驚く。しかも、万理子の鼻からは一筋の血が……。

「ちょっと、万理子。鼻血出てる！　大丈夫？」

「は、鼻血……？」

その横には、典子の妖しい視線の前に、ロックオンされた小動物のように固まる涼太の姿。

「もう、なんなの、これ。意味わかんない！」

第4話　私の人生、計算外!?

大勢の女性たちにまじり、和平が夢中でそば粉をこねている。鎌倉の老舗そば屋が主婦向けに開いているそば打ち教室に、薫子に誘われて参加したのだ。

「そういえば、長倉さん、会えたんです」

「え？　誰にですか？」

「天使に会えたんです」

「へぇ、よかったじゃないですか」

そばに意識をとられたまま薫子に答え、一瞬の後、「え……」となる。

「天使に会ったとおっしゃいました？」

「素敵でしたぁ……なんていうのかな、ワイルドなのに癒し系？　いい人でした」

真平に間違いない……なんだよ、それ……。

和平は放心状態で打ち粉をふるう。

「長倉さん？　粉、多すぎるんじゃないですか？」

「え……あ！」

見ると、和平のそばは打ち粉で真っ白になっている。

「しっかりしろよ。何ボケッとしてんだよ、長倉ぁ」

急に乱暴なタメ口になる薫子に、和平は思わず「すみません」とあやまってしまう。

「あやまっちゃダメですよ、友達なんですから。うるせぇとか、黙れブスみたいな、そんな感じでお願いします。はい、どうぞ」

「はい、どうぞって言われても……女性にブスとか、私にはちょっと言えないです」

「長倉、お前、いいヤツだな」

ドンと肩をつかれ、手に持ったボウルの打ち粉が大量に和平のそばに舞い落ちた。

「あぁ！」


「まったく、タイミング悪すぎだよ、あんたは。まぁ、よかったことなんかないけどさ」

「なんのタイミングよ」

元カレとちょっといい感じになったなんて、言うもんか。

その元カレ、涼太は万理子と脚本の打ち合わせをするために出ていった。もちろん、典子の毒牙から守るために千明が家の外に逃がしたのだ。

「旦那ともめたからって、そのはけ口みたいなくだらないことに大事な元カレを使わせるかっての。この年になったら、もう新しい男と出会うチャンスは少ないんだからさ、そう簡単に元カレだってできないのよ。だから元カレは貴重なの。恋愛にもね、リサイクルってのがあんのよ。新品より味があるみたいなさ」

「リサイクルがあるならシェアがあってもいいじゃない、元カレの」

「よくないわ。何ちょっと面白いこと言ってんだよ。とにかく、ひとの元カレを利用するんじゃなくて、自分のいるでしょ。ひとりやふたりくらいは」

「いないもん、元カレなんて」と典子はむくれる。

「は?」

「いないの、私には。旦那以外に付き合ったことないし」

「え〜〜〜〜! やだやだ、あんた、まさかの不良純情娘?」

「だって、高校入ってすぐに先生に憧れてさ、その先生とさ、付き合っちゃったからさ……だから、元カレとかいない」

「旦那だけ?……いるんだ、そういう人。びっくりしたわ。でも、あんた結構、男と女のことについて赤裸々に言うじゃん。あれはなんなの?」

「情報源は雑誌。コンビニで立ち読みする」

「まさかの口だけ? 耳年増?……ていうか、幸せ分譲中だったんじゃないの?」

ようやく本題に入ったかと典子はまくしたてるように話しだす。

「……というわけで、家を買うっていう話はなし。最低でしょ?」

「ちょっと待って」と千明は話を整理する。「旦那は不動産屋の前を通りかかって、たまたまアンケートに答えたと。で、そのアンケートの女の子、詩織《しおり》ちゃんが可愛くて、詩織ちゃんと話がしたいから、ついプランの相談などして通いつめてたってこと？」

「そうなのよ。何が詩織よ。だいたい私は名前に子のつかない女は嫌いなの」

「私もつかないし……じゃあ、旦那はそもそも家を買う気なんかなかったと」

「そうよ」

「でも、その詩織ちゃんとできてるとかじゃないんでしょ？」

「さすがにそこまではないと思うけど」

「じゃあ、単なるあんたの勘違いじゃん」

「え？」

「べつに旦那も大して悪いことしてないんじゃないの？　ちょっとはスケベ心あったかもしれないけどさ、そんなの男だったら普通じゃない？　あんただってあるでしょ。たまたま家に来たセールスマンがイケメンの若い男で、いらないけどちょっと買っちゃおうかなみたいな」

「あるある。よくある」

「よくあんのかよ。だから、それと同じじゃない？」

「そっか、そんなに悪くないのか、じじぃは……そっか、なんだ」

納得すると典子はケラケラと笑いだした。

「どうしよう、ぶん殴っちゃった。ハハハ。帰るね」

鼻歌なんかを口ずさみながらご機嫌な様子で典子は立ち上がる。

「ちょっと、私と元カレのちょっといい感じのことについては聞かないわけ？　教えないけどさ、そこはいいの？　いい女だよねって言われたんだけどさ。参ったなぁ、今夜どうするみたいな」

ドアが閉まる音がして、静寂が千明を包む。

「なんなんだよ、一体……聞けよ。ひとりになっちゃったじゃん、私……」


ところが、事態は典子が思うほど簡単に収束はしなかった。

典子に責められた広行は不動産会社におもむき、詩織にすべてを告白し、頭を下げた。しかし、店を出た広行を追いかけてきた詩織の反応は意外なものだった。

「わかってました。水谷さんに買うつもりがないこと。私も勉強になったし、水谷さんと家のプランを一緒に考えるの、楽しかったんです。実現しなくても、自分が夢の家に住むような気がしちゃって」

「詩織ちゃん……」

「だから、続けませんか？　いいじゃないですか、買わなくたって」

「……うん！」

「私、今から休憩なんですけど、お茶いかがです？」

笑顔をそえた詩織の言葉に、広行は舞い上がる。

「喜んで！」


打ったそばをそば包丁で切りながら、和平が背後の会話に耳をそばだてている。

薫子が隣の主婦と楽しそうに話しているのだが、気になるフレーズが飛び交うのだ。

「今日はなんかすごく肌の調子がいいんですよ。ゆうべよく眠れたからかなぁ。なんかスッキリしちゃって……こんなところでする話じゃないんだけど、昨日……」

耳打ちしているのか、薫子の声が聞こえなくなった。和平はさらに耳をダンボにする。

「え～、そうなんだ」

「そうなの。もうスッキリ」

和平がビクンと反応するのを見て、薫子が声をかける。

「あ、長倉さん、今の話聞こえてました？」

「いえいえいえいえ、何も」

「本当ですかぁ？　もう恥ずかしいなぁ」

「いやいやいや……でも、よかったですね。スッキリなさって」

「あ、やっぱり聞いてたんじゃないですかぁ」

「聞こえちゃったんですよ」と答えてから、和平は男友達の設定を思い出す。「でかいんだよ、お前の声は、原田」

「え？」と一瞬戸惑うが、すぐに薫子は理解し、微笑む。「いいじゃないですか、長倉さん」

「あ、そうですか？」

「今みたいに、男友達に名前じゃなくて名字を呼び捨てにされるのがいいです。ツボです」

「そうなんですか。よかったです」

会話を聞いていた隣の主婦が「おふたりはどういう関係ですか？」と薫子に訊ねる。

「友達です。男とか女とか全然、まったく関係ないんですよ」

「え～、本当に？」

「そうですよ。こんなのと、どうこうなるわけないじゃないですか」

「ハハハ」

そこまで言われるとショックなのだが、その気持ちを押し殺し和平は頑張る。

「こんなのは言いすぎだろ、原田」

薫子はグッジョブと親指を立てる。

「ふざけんなよ、原田」

内心苦笑しながら茶番を続ける和平であった。


典子が去り、暇をもてあました千明は買い物でもしようかと家を出た。鎌倉の商店街をぶらぶら歩いていると新装開店のランジェリーショップを発見し、誘われるように中に入る。

レース使いの可愛いブラを胸に当てていると「いかがですか？」と店員が話しかけてくる。

「ちょっとあれかな、可愛すぎっていうかねえ……ハハハ」

でも、備えあれば憂いなしっていうし、最近はちょっと楽なのばっかしてるからなぁ……。

いけるか、これ。ギュッとして見えるしね……うん。

「これ、試着してもいいですか？」

和平が家に帰ると、知美が来ていた。真平と何やら仲よさげに話している。テーブルではえりなが鏡に向かってメイクの練習をしている。鏡に向かったままの姿勢で和平に訊ねる。

「どうだった？　蒼太ママとのデート」

和平は思わず真平と知美に目をやり、いいわけがましく答えた。「いや、デートじゃないから。友達としてそば打ち教室にだな」

「べつにどっちでもいいですけど。なんか大人ってズルいですよね。私が男の子と単にふたりで会ってるだけでも絶対そういう目で見るくせに、自分たちはデートじゃないって本当にズルい」

「ズルいって、本当のことを言おうと」

「もういいです」とえりなは立ち上がり、隅のソファへと移動する。

意気消沈する和平の前に、「元気出しなよ、兄貴」と真平がいれたてのコーヒーを置く。知美は新たな色恋話に興味津々で食いつくが、和平は取り合わない。そこに典子がやってきた。

「あれ？　千明は？」

「知るか」

「せっかく家帰ったのに、誰もいないんだもんなぁ」

しかし、しばらくするとショッピングバッグを抱えた千明が顔を出した。典子の姿に、どうして戻っているのかといぶかるが、すぐに和平へとターゲットを切り替える。

「どうでした？　癒し系美女とのそば打ちデート」

「いや、デートじゃ」と言いかけ、えりなの視線を感じ、語尾をにごす。「いいそばが打てましたよ。もしよかったら、打ちたて召し上がります？」

「結構です。何が入ってるのかわかりませんので」

「そうですか。のどごし最高で、うまいのになぁ。残念だ」と和平は持ち帰ったそばをしまう。

「なんかあれですね、珍しい時間に珍しいメンバー構成ですね」

「たしかに」と真平が千明に頷く。日曜の夕方に、このメンツがそろうのは滅多にない。

そこで和平が万理子がいないことに気づき千明に尋ねる。「万理子は？」

「あ、万理子先生は涼太先生と脚本の打ち合わせ中です」

「へぇ」

海岸やカフェなどいろんな場所をめぐったが、どこも若者であふれ、落ち着いて打ち合わせができる雰囲気ではなかった。日曜日の鎌倉はどこもかしこもデートスポットに様変わりしてしまうのだ。万理子と涼太も、その行程だけを見れば完全にデートである。

「なかなか大ヒットドラマの企画、思いつきませんね」

海沿いの道を歩きながら、万理子が言う。「私、子どものころから自由課題というものが大の苦手でして、結局何を書いていいのかわからず、白紙で提出しておりました次第で」

「そう」と頷き、しばらく歩いたあと涼太がボソッと言った。

「俺、書いてみたいと思ってる話があるんだけど」

「え？」

「五年くらいずっと考えてはいるんだけど」

「構想五年ですか。熟成されておりますね」

「腐ってるかもしれないけど」

「何をおっしゃいますか、涼太殿」

「書いてみていいかな」

「はい！　書いていただきたいです！」

「千明のためにも……頑張りたいしね」と涼太は微笑む。

結婚式が間近に迫り、知美と真平が結婚情報誌を見比べながら具体的なプランを話し合っている。アドバイスを求められ、千明も参加。楽しそうに盛り上がっているその姿に、ひとの気も知らないでと和平は思う。ついに意を決して、言った。

「お前のあの、どうなったんだよ、あれは」

「あれっていうのは、天使を続ける続けない問題ですか？」

知美の返しに、千明は「え？」と怪訝な顔になる。「天使やめるんじゃないの？」

「真平さんには天使を続けてもらうことにしました。それが本来の彼なので、私もそれを認めることにしたんです」と知美は得意げに答える。

「いや、本来の彼って」と何か言いたそうな真平だが、なかなか思いは口に出せない。

「スゴいね、知美ちゃん。ファンキーだね」

「あ、はい。千明さんはそう言ってくださるような気がしていました」

「そんなもん、うまくいくわけないじゃん」

「だから、ちょっと典姉」

真平をさえぎり、知美が言う。「お姉さんはそう言うだろうと思ってました」

「でしょう」

そこに「こんにちは」と誰かがドアを開けた。振り向いたえりなが「蒼太」と立ち上がる。反射的に入口のほうを見た和平は、蒼太の後ろから入ってきた薫子の姿にギョッとなる。

「こんにちは」

「あ、ど、ど、どうも先ほどは」

「あれ？　今日はお休みですか？　近くにちょっと用があったものですから、カフェやってるのかななんて蒼太と盛り上がってしまって。ね、蒼太」

が、蒼太はすでにえりなの部屋へと消えている。

噂の癒し系美女の突然の登場に盛り上がるのは千明である。「癒し系？」と和平に小声で確認し、ひじでツンツンとつつく。和平が面倒くさい千明をひきはがそうとしたとき、薫子と真平が同時に「あ」と声を上げた。

「鎌倉の天使さんじゃないですか。この前はどうもありがとうございました。わがまま聞いていただいて」

最悪だ……と和平は目を覆う。知美は驚きの表情で真平をうかがう。

「あ、どうも。ハハ」

「え？　天使さんは長倉さんの？」

こうなってはもう仕方がない。和平は腹を決め、「弟です」と白状した。

「ウソ……なんで教えてくれなかったんですか、弟だって」

「いや、天使がこいつかどうか定かではなかったし、まさかそういうことになるとは……」

「そういうことって？」

「いや、そのなんていうか、弟と、その……男と女の関係にっていうか」

和平の誤解に気づいた薫子は、キッとにらみ、言った。

「いやらしい」

「いやらしいって、だって」

「何もありませんよ。何言ってるんですか？　ね、天使さん」

「あ、はい」と頷く真平を、知美が不思議そうに見つめる。

「有名人だから会ってみたかっただけです。だから握手してもらったんです」

「いや、でも今日、ゆうべなんかスッキリしてよく眠れたとか、肌の調子がいいとか」

和平の言葉に、薫子の顔が真っ赤になる。もじもじしながら、言った。

「便秘が解消しただけです」

「便秘？」

怒りの表情で自分を見つめる薫子に、自分がとんでもない勘違いをしていたのだと和平は気づく。地の底まで深く深く落ち込む和平の肩を、千明がポンポンと叩く。

「よくわかんないけど、明らかにやっちまいましたね」

「はい……」

「そんなふうに見てたんですね、私のこと」

「そんなことないです」

あわてて否定する和平をさえぎるように、千明が口をはさむ。

「失礼ですよね。男って本当イヤですよね」

「ちょっとあなたは黙っててもらえますか。あなたが入るとややこしくなるので」

「せっかくいい友達になれたと思ってたのに、ひどい」

頬をぷーっとふくらませる薫子を見て、こんな昭和の少女マンガのヒロインのような怒り方をしてみせる女が平成の世にいたとは……と千明は感心する。いっぽう和平はどうしていいやらわからず、「いや、あの、なんていうか」と言葉が出ない。

「私と長倉さんは友達ですよね？」

「あ、はい、ええ」

「じゃ……絶交です」

そう言うと、薫子はきびすを返し、出ていってしまった。

「あ、いや、原田さん、ちょっと待って！」と和平はあわててあとを追う。

嵐が去り、落ち着いたところで知美が真平に言った。

「何もなかったんだ」

「うん……やめようと思ってたんだ。いや、やめたいんだ、もう」

「なんでそれを言ってくれないのよ」

「いや、言おうとしたらお前がさ」

「バカじゃないの。だったら私、つらい思いとかしなくてよかったんじゃない。どんな思いで許したと思ってんのよ！　ホント、バカ！　悪魔！」

暴れる知美を真平がどうにかなだめ、ふたりは結婚式の打ち合わせへと向かった。

入れ違うように和平が戻ってくる。結局、姿を見失い、仲直りは叶わなかったのだ。

どうして俺はいつもこんな感じになってしまうんだ……。

深いため息をつく和平を覗き込み、千明がにっと笑った。

「行きますか」


観光客はすでに家路につき、がらんと寂しい夜の江ノ電に万理子と涼太が並んで座っている。万理子はなんだかワクワクしていた。涼太が書く脚本はどんな物語なんだろう。そして、それを千明はどんな思いで読むのだろう。

「千明さんの喜ぶ顔が目に浮かぶようでございます」と万理子は思わずひとりごちる。「そして千明さんの幸せは私の幸せです」

「……へぇ」

と、急ブレーキがかかり、万理子の体は涼太のほうへと倒れ込む。

「大丈夫？」と涼太が寄りかかってきた万理子を起こすと、鼻からタラーッと一筋の血が……。涼太はすぐにポケットティッシュを取り出し、万理子に渡す。鼻にティッシュを詰めながら、万理子は言った。

「これはですね、私の女性としての何かが涼太殿に反応したのではないかと」

「え」

「安心してください。私はみじんも涼太殿に恋愛感情を持っておりません。私の心はすべて吉野千明様にささげております。ですが、それは精神的な恋なのでして、ということはつまり、肉体的な部分は行方不明と申しますか、置き去りになっているわけでして、その部分だけが涼太殿に反応したのではないかと」

「そうなんだ……」

「申し訳ございません」

「いや」

特に気を悪くした感じでもない涼太の反応に、万理子は少し安堵する。

居酒屋に腰をすえるなり、すぐにジョッキを半分ほど空ける千明に、また深い酒になりそうだと苦笑しつつも、和平は付き合う覚悟を決める。

「でもあれですね。あなた、モテますね、未亡人に」

「そんなことないですよ」

「だって前に付き合ってた、ほら、知美ちゃんのお母さんも」

「いや、付き合ってませんし」

「体を要求されそうになった女流作家先生も、今の癒し系美女も、みんなそうじゃないですか。この未亡人キラー」

「やめてくださいよ。でも、まぁ私も妻を亡くしてますからね。類は友を呼ぶってやつじゃないですか」

「鎌倉は多いんですか？　未亡人とかやもめとか」

「どんな街ですか。それにね、彼女、原田薫子さんとは私、友達とも言えないようなプラトニックな関係ですから。何しろ、ベッドの似合わない男なんで」

「あぁ、そうでしたね」

千明はジョッキを空け、お代わりを注文。合わせるように和平も自分のジョッキを空ける。

「参考までに聞きますけど、どんな気持ちだったんですか？」

「何がですか？」

「つまり、自分とは友達になりたいと言っていたのに、天使とはそういうことするんだって勘違いしたわけでしょ？　そのときの気持ちですよ。男としてどう思ったんです?」

「男としてか……」

「ちょっとは悔しいっていうか、男として傷ついたみたいな感じですか。だって、あなたにはそっち系は全然求めてませんって話じゃないですか」

「全然とかわかんないでしょ……でも、傷ついたっていうのはないですよ。ただ線引きっていうか、区分けはされてるんだなとは思いましたよ。でもべつに無理してその線を越えて、そっちの世界に入ろうとは思いません。そこはわかっていただけます?」

「まぁ、わかります」

「正直、ちょっとホッとしたのも事実です」

「ホッとした?」

「苦手なんですよ。私もね、男ですからね、スケベじゃないとは言いません。でもね、スケベっていうのはむっつりでいいんじゃないかと思うんですよ。むっつりって言葉は語弊がありますけど、心に秘めておくものじゃないかなって。最近の女性はセックスについて開けっ広げに言うじゃないですか。私、やっちゃったとかやりたいとか。あれ、イヤなんですよ」

「私、結構言うかも……てか、ひょっとして私に言ってます?」

「いやいや、あくまで一般論ですよ、一般論。昔はもっと、品とか節度みたいなものがちゃんとあったんじゃないかって」

「そうやってね、おっさんたちは昔を美化しすぎなんですよ」と千明は反論する。

「昭和の男がみんな、高倉健だったわけじゃないでしょ」

「そんなこと言ってないじゃないですか」

「私はね、昔よりも今のほうが絶対にいいと思います。今よりも未来のほうが絶対にいい。そういうふうに大人が思ってないとこの国はダメになるでしょ？」

「……立候補でもするんですか？　なんか選挙演説みたいになってますよ」

「あれ？　なんか語っちゃってましたね。てか、なんの話からこうなったんでしたっけ？」

千明は少し考え、思い出した。「スケベはむっつりがいいって話だ」

「そうは言ってないでしょう。乱暴なんですよ、いちいち」

「すみません」

「なんか素直ですね」

「いっつもそうじゃないですか」

「いつもだったらもっとこう無駄にどんどん突っかかってくるっていうかね」

「無駄にってなんすか、無駄にって」

「今日は、あなたをなぐさめてあげようと思ってるからですよ。そっちこそ、今日は無駄に屁理屈言わないですよね。抑え気味ですよね」

「それは、なぐさめてもらってるってわかってるからですよ」

素直な返しに、千明は微笑む。

「じゃあ、いいじゃないですか。楽しく飲みましょうよ」

千明がかかげるジョッキに、和平は自分のジョッキを合わせた。そのとき、トイレに立った隣の席の酔っぱらいが千明が足元に置いていたショッピングバッグを足に引っかけ、中身をぶちまけてしまった。すぐに和平が拾うが、手にしたのはセクシー系のランジェリー……。

「あ……」

すぐさま奪い取り、バツが悪そうに咳払いする千明に、「すみません」と和平はあやまる。

「いえ、そんな。似合わないだろうって思いました?」

「思ってないですよ、そんなこと。似合うと思いますっていうのもヘンですけど」

「あぁ、まぁ、そうですよね」

「あったんですね……いいこと」

「ありませんよ、まだ」

「まだ？」

「あるかもってだけです」

「なるほど。備えあれば憂いなしですね」

「そういうことです」

千明の頬に酔いとは違う赤みがさす。そんな千明を見ながら、和平がつぶやく。

「……プラトニック担当ではないんですねぇ」

「自分だって下ネタじゃん」

「あるといいですね、いいこと」

「……ありがとうございます。そちらも」

「ベッドの似合わない男ですから」

「そうでしたね」

しばしの静寂のあと、ふたりは同時に噴き出した。

まったくこの年になっても恋だのセックスだのに相も変わらずもがき続けている。

そんな大人のしょうもなさを妙に愛しく感じてしまう。

千明は照れ隠しに、和平の背中をバンと叩いた。

「いてぇな」

「恥ずかしいっつうの」と言いながらジョッキを一気に空ける。

「あんまり飲みすぎないほうがいいんじゃないですか」

「酔わずにできますか、いい年して」

「だから、そういう言い方がですね」

「すみませんでしたぁ」


「ただいま……」

千明が居間に入ると原稿用紙に向かっている涼太の姿がすぐに目に入った。涼太は顔も上げずに、「お帰り」とだけ言う。

「ただいま……さっそく執筆中ですか、先生」

「うん」

「まだ寝ないよね?」

「うん」

「そうだよね」と言いながら、千明は新しい下着の入ったショッピングバッグを背後に隠す。

「あのさ……一番先に読んでみてくれる?　千明が」

「私が?　うん、喜んで」

「……これでダメなら、俺、ダメだと思う。千明が……男とか女とかそういうの超えてさ、チャンスくれたわけだし」

「そっか……そうだよね……」

まるっきり女の気分ではしゃいでいた自分は一体なんだったのだろう……沈みそうになる自分をどうにか立て直し、千明は微笑む。「頑張って」

二階の寝室に入るや、千明はベッドに倒れ込んだ。

「男とか女とか超えちゃってるのか、私は……プラトニック担当以下だよ」

手にしたランジェリーショップのバッグがどうにも恥ずかしくてたまらない。

「期待してしまったじゃんか、もう」


「ベッドが似合わない男か……」

酔いざましの水を飲みながら和平が肩をすくめる。ふと暗がりに人の気配がして、振り向くと万理子がぼんやりとテーブルについている。

「なんだよ、お前、怖いだろうが、そんなとこに」

「ひとり言をつぶやいていたので、気配を消してみました」

「忍者か、お前は」

「あの……お兄ちゃんは、精神的な恋の衝動と肉体的な恋の衝動は一致して同じ相手に向いていますか？」

「は？　もうちょっとわかりやすく言ってくれないかな」

「体だけの恋愛をしたことがありますか？」

「体だけの恋愛……ないかな」

「そうですよね。聞く相手を間違えました。とっとと寝ます」

立ち上がり、二階に行こうとする万理子を、「ちょっと待て」と和平が止める。

「お前、そういう恋愛してんのか？　大丈夫か？」

「はい。大丈夫にします。おやすみなさい」

階段を上がっていく万理子に和平が声をかける。「万理、なんかあるならちゃんと話せよ」

「はい」と背中で答え、万理子は自分の部屋へと消えた。

ドアの向こうに消えた夫の姿を、典子は呆然と見送った。あまりにワケがわからなくて、現実に戻れない。ゆっくりと今さっきの出来事を頭のなかで巻き戻す。

「家を買いたい」と広行が言い出したのが発端だった。若い女会いたさに不動産屋に通ってたはずなのに、どういうことと問うと、「事情が変わったんだ」と言う。

一瞬、またマイホームの夢を見た典子だったが、その事情がとんでもなかった。

いったん自室に引っ込んだ広行は、今度は大きな荷物を持って現れ、衝撃的なことを言った。

「そこには君と住むわけではない。すまん。詩織ちゃんと一緒に住みます」

そして、目の前で閉まるドア……現実に戻った典子が最初にしたのは、「はぁぁぁぁぁ?」と大きな声で叫ぶことだった。


市長室に入るなり、「あなたはしないんですね」といきなり言われ、和平は戸惑う。また謎かけめいた問答かと思いきや、そうではなかった。予算会議が迫り、さまざまな部署の人間が入れ代わり立ち代わり予算獲得のために市長である自分へアプローチしてくるのに、一番近い場所にいるあなたがなぜその話をしないのかという問いだった。

「そういうやり方は、私はちょっと……」

答えを予期していたように市長は言う。「つまらないですね」

「申し訳ありません」

「いえ、つまらないと言っただけです。じゃあ、行きましょうか」

市長は吊るしてある二着のジャケットを見比べ、和平に訊ねる。

「ブルーと白、どちらが私に似合うと思いますか?」

どうせ逆を選ぶのだろうと思いながら和平は答える。「ブルーです」

「わかりました」

市長がブルーのジャケットを羽織るのを見て、和平は驚く。今まで自分が選んだものをただの一度も身につけたことがなかったのに、どういう風の吹き回しだ……？

「なんですか？」

「あ、いや、よくお似合いです」

「私もそう思います」

歩き出した市長の後ろを、首をかしげながら和平がついていく。ふと、昨日の千明の言葉が脳裏によみがえる。

「未亡人キラー」

そういえば、この人も未亡人だ……。

和平はぶるんと頭を振って、イヤな想像を追い出した。


役所を出がけに余計な仕事を頼まれ、すっかり遅くなってしまった。約束の喫茶店に駆け込んだ和平は、薫子の姿を見つけ、「すいません」と頭を下げる。「こちらからお呼び立てしたのに遅れてしまって」

「おせえよ、長倉」

薫子に笑顔で言われ、和平は安堵する。どうやら怒りは収まっているようだ。

「先日は失礼なことを言いまして、本当に申し訳ありませんでした」

「もういいですよ。ああいうの、ちょっとやってみたかったんです」

「そうなんですか」と和平もつい笑顔になる。「でも、失礼しました」

三たびあやまり、ようやく和平は席につく。

「そうですよ。友達のことをあんなふうに思ってたなんて」

「あ、いや、思ってたわけじゃなくて」

「でも、ちょっとうれしかったです。私だって、女ですから」

「はぁ」

「やっぱり、無理がありますかね。『な、長倉!』みたいなの」

「そうですね。でも、新鮮ではありますよ」

「ですよね。でもね、考えたんです、私。友達にもいろいろあるじゃないですか。たとえば、セフレとかも、友達じゃないですか」

「ええ、セフレも……え？　セフレって」

「セックスフレンド」

「いや、知ってます……けど」

「そういうの、どうですか？」

「え？　いや、どうですかって……いやいや……え？」

「どうでしょう？」

天然系のピュアな瞳で、薫子は和平に訊ねる。

「いや、どうでしょうって……あの……私にはちょっと理解できないっていうか、意味がわからないっていうか、べつの世界の出来事っていいますか……その」

「なるほど。時間かかりますよね。わかりました。今はまだこの関係を続けましょう」

「は？」

「セフレを前提とした友達関係です」

「いや、すみません。余計意味が」

「それがいいと思います」

「いや、あのですね」

「もう行かなくちゃ」と薫子は立ち上がる。言いたいことを言ってスッキリした薫子とは対照的に、和平は「どういうこと？」と首をひねり続ける。

仕事が終わったので今から局を出ると祥子に電話で告げ、千明はスタッフルームを出た。廊下の前で待っていた涼太が、「書けたから」と千明に原稿用紙の束を差し出す。

「え？　もう？」

「一応恋愛ものなんだけど、読んでみて」

「へぇ……ありがとうございます。読ませていただきます」と千明は原稿を受け取る。

「うん……あ、正直に感想」

「もちろん」

涼太は達成感にあふれた笑みを浮かべ、そして去っていく。

「『途方にくれる恋人たち』か……」

タイトルを読み、なんか涼太らしいなと千明は思う。

局を出て、タクシーに乗り込むと、千明はさっそく脚本を読みはじめる。が、最初楽しげだった顔は次第に曇り、車が待ち合わせの店の前に着くころには絶望的な哀しみに満たされていた。

「どうしよう」

店内の生演奏に聞きほれながら、ため息とともにそんな言葉を吐き出した千明に、祥子と啓子は顔を見合わせる。涼太が早々に脚本を仕上げたというのはうれしい報告ではなかったのか……？

「死ぬほどつまんないんだよ、脚本が……今まで読んだ脚本の中で一番つまらない」

「マジで？」

「あいつマジで才能ないのか……どうしたらいいの？　私、それ言うんだよ、あいつに。言わなきゃいけないんだよ。なんて言えばいいんだろう……」

自分のひと言が涼太のこれまでの努力を否定し、夢を壊すことになるのだ。

そんな責任を自分は負えるのだろうか。

仕事上の付き合いだけならいざ知らず、一度は本気で好きになった相手である。

そんな人の人生を自分が大きく変えてしまうのだ……。

想像しただけで恐ろしく、千明は途方に暮れてしまう。

第5話　全く大人って生き物は……

親友ふたりに背中を押され、千明は覚悟を決め、家に戻ってきた。家の明かりに足どりが重くなるが、自分を奮い立たせて、「ただいまぁ」とドアを開ける。途端に酔っぱらった典子の笑い声が耳に飛び込んできた。

「なんで、肝心なときにいるんだよ」と舌打ちしつつ、千明は内心ホッとする。

居間に入った千明は、その惨状に目を疑った。空いた酒瓶が転がる中、正体をなくした典子の横で涼太がおびえるように縮こまっている。典子をどうにかしようとしていた万理子が、千明に気づき、顔を上げた。

「申し訳ありません。典姉がいつにもまして、傍若無人な振る舞いに出ておりまして」

「これ全部飲んだの？　この人ひとりで……？　うわっ、これすっごい高いんだよ」

空になったヴィンテージワインのボトルを手にとり、千明は天を仰ぐ。

「申し訳ございません。私たちが帰ってきたときには、すでにこのありさまでございまして」

「なんかよっぽどのことがあったのかな……」

「あ、千明だ。千明！　千明ぃ！　会いたかったぁ。よし、飲もう！」

待ちわびていた千明を発見し、典子はケラケラと笑いはじめる。

「はいはいはい。もうわかった、わかった。十分飲んだからね、もう。どうしたのよ」

「千明ぃ」と今度は泣きだし、千明に抱きついてきた。

「わかったわかった。よしよし、ね」

「わかってない！　なんにもわかってない、お前らは！　いいからそこに座れ！　説教だ！」

酔っぱらいには逆らえないと、一同は典子の前に座る。万理子が千明にボソッと言った。

「笑う泣く怒るという酒グセを網羅しているような酔い方ですね。あと残っているのは」

「う〜〜〜、気持ちわる……吐く」

口を押さえてうずくまる典子に、「やめてよ」と千明はあわてる。

「それが残ってましたか……あとは」と万理子が様子をうかがっていると、典子は不意に床に突っ伏した。すぐにスースーと寝息が聞こえはじめる。

「寝たね。もうないよね。ビンゴ？」

「と思われます」と万理子は千明に頷いた。

薫子に市長に、と女性たちの意味不明な言動に振り回され精神的にかなり消耗した和平は、気持ちを落ち着けるべく立ち飲み風の居酒屋にふらっと寄った。

「今日はおひとりで？」とビールを置いた店の主人に話しかけられ、和平は頷く。

「たまにはさ、ひとりで飲みたくなるわけよ。世の中はわからないことだらけだよねぇ……特に男と女はね……わからない」

「本当にねぇ」と隣から話しかけられ、「でしょう？」と振り向いた和平の表情が凍る。やさぐれた様子でビールのグラスをかたむけているのは、広行だった。

「マスター、ごちそうさま」と千円札を置いて逃げるように立ち去ろうとする和平の腕を広行がガッとつかんだ。

「何があったの？　男と女のことでわからないことって」

「死んでもあんたには言わないよ」

「じゃ、俺が話しちゃうよ。いいのね、それで」

「死んでもあんたの言うことは聞かない」

しかし、かまうことなく広行は話しはじめる。なんでこうなるかなぁとため息をつき、和平は自分のグラスにビールをついだ。

「……というわけで詩織ちゃん一筋なの、今の俺は」

詩織との顛末を話し終え、満足そうに広行はグラスを空ける。

「何考えてんですか、一体。私はあんたの嫁さんの兄ですよ。それわかって言ってます?」

「そんな小さいことはどうでもいいんだよ。俺はひとりの男として君に話してるんだ」

「小さいことでも、どうでもいいことでもない。それがすべてなんだよ。私はその詩織ちゃんとかいう女性がどんな人か知らないけど、あんたのことをべつに何とも思ってないんでしょ? あんたのことが好きだとか恋人になりたいとか」

「ないだろうね」

「だったらさ」

「恋っていうのはさ……相手が自分をどう思ってるか確かめてからするものじゃないだろ?」

「カッコよく言えばそうだけど、あんたは既婚者。結婚してんの。仮に典子と別れて、詩織ちゃんともどうにもならなかったら、あんた、どうするつもりなんだよ」

「世界から放り出されて、荒野にひとりたたずむみたいな?」

「何言ってんだ。バカじゃないの」

「怖いだろうなぁ……この年でさ、どこにも居場所がないんだ……でも、どっかさ、ワクワクもするんだよな」

酒に酔っているのか、自分に酔っているのか、瞳を輝かせながら話す広行を見て、また病気が始まったと和平はげんなりする。この男は破滅的な生き方に憧れる傾向があるのだ。

「君の心のなかにも荒野への憧れはあるはずだ」

「そんな勝手な憧れなんかあるはずないだろ」

「君が俺と同じ立場だったらどうだ？」

「あんたみたいなみっともない立場に立つことはない」

「みっともない……上等だ」と笑う広行に、和平は心底腹が立ってきた。

「何を言ってんだ。典子はあんたが選んだんでしょう？　そりゃあ、あいつはあんなだし、迷惑かけてるかもしれないけどさ、あいつなりに一生懸命やってますよ。選んだ人がひとりいればいいじゃないですか。幸せじゃないですか。私はね、女房がもし生きててくれたらって最近しみじみ思うんですよ。だって、私が唯一選んだ相手なんですから……」

もし妻が生きていてくれたら、自分の軸はもっとしっかりして、こんなふうにいろんな人に振り回されることもなかったのかもしれない……。

ふと隣を見ると、広行がテーブルに突っ伏している。

「寝てんのかよ!」

「詩織ちゃん……」


典子をどうにかソファに寝かせると、万理子は家に帰っていった。荷物を置きにいったん二階の自室に戻った千明は、覚悟を決め、「よし」と立ち上がる。そのとき、部屋の入口から「入っていい?」と涼太の声がした。

「あ、うん……どうぞ」

部屋に入ってきた涼太の顔がまともに見られなくて、千明は窓のほうへと歩きだす。そのまま窓の外を見ながら、言った。

「涼太、脚本、読んだよ」

「うん」

「正直に言……」

千明の言葉をさえぎって、涼太が言った。

「つまんないよね」

「え……」

「ひとりよがりで、どうにもならない。ドラマになってない。チラシの裏にでも書いてろみたいな……違う?」

「あ、いや、まぁ、そう……かな」

「恋愛ドラマとか言ってるのに、ドキドキもなければ、キュンともこない」

「うん」

「セリフに魅力もないし、意味ありげなカッコつけた会話が続いているだけ。陳腐だし、イライラするよね」

「そうだね」

「それに登場人物全員トラウマだらけ。トラウマ頼りかよみたいな。普通の人はいないのか」

「そう……だね」

「もう脚本家とかあきらめたほうがいいレベル」

「いや……」

「俺はそう思った。自分で読み直してみて、こいつやめたほうがいいなって」

言葉が出ない千明の、その沈黙が、涼太の考えが間違っていないことを雄弁に語っていた。涼太はそんな千明にふっと微笑む。

「よかった。意見が同じで」

「……男らしいね、涼太。私に言わせないように、自分で言ったんでしょ？　そんな気遣わなくていいのに。私の仕事だよ、それが」

「あきらめついた」

「でもさ、もうちょっと頑張って……」

「千明もわかってるでしょ？　俺だって頑張ってみたけど、ここまでなんだよ。今やめなきゃ、いつまでも次に進めない気がするんだ。やっぱり、実際書いてみないとわからないもんだね……頭のなかでは傑作だったから」

涼太は小さく震える千明の背中に向かって言った。

「だから、ありがと」

「いや……」

「ごめん。やっぱり、一度だけはっきり言ってくれないかな……あきらめろって」

千明は振り返り、言った。

「あきらめろ、涼太」

「はい」

頑張って微笑む涼太が無性に切なくて、千明は思わず抱きしめた。千明の腕のなかで、涼太は込み上げる思いを漏らすまいと、唇を強く噛みしめる。

そのままふたりはベッドへと倒れ込んだ。

千明は、まるで母親のように涼太を包み、やさしく頭をなでる。

長く長く囚《とら》われていた呪縛から解放されたような安らかな気持ちで、涼太は千明の愛撫を受けていたが、やがて眠りのなかへと沈んでいく。

腕のなかで寝息をたてはじめた涼太に、千明は「ん？」という顔になる。

この状況、一体どういうこと……？


「でも、あれだね。こうやってリストを見るとさ、ちょっと寂しいね」

結婚式の招待者リストをノートに書きながら、知美が言った。「何が？」とカウンター席の隣に座った真平が訊ねる。

「うちはお母さんだけだし、長倉家はお父さんもお母さんもいらっしゃらないし」

「あぁ、そっか……そう言われてみれば」

「でも、その分みんな、にぎやかだからいいか」

「だね」と真平は笑顔で頷く。

続いて知美は料理の検討に入る。式場側から提案されたメニューをベースに予算を考えながら落としどころを探っていく。

「料理はこんな感じかなぁ」とノートを見せると、真平は一瞥《いちべつ》しただけで「うん」と頷く。

「金太郎がいいなら、俺はなんでもOK」

「その発言は普通アウトだよ」

「え、そうなの?」

「真平の気持ちを聞きたいの。どんな結婚式にしたいのかとか。もし、結婚式とかしたくないっていうんだったら、いいんだよ、それでも。だから、なんでも言って」

「わかった……」

真平は知美に真顔を向けると、言った。

「うちでやるっていうのはないかな。カフェ『ながくら』で。本当にもう家族だけでさ。そういうのが俺たちっぽいっていうかさ、みんな堅苦しいのとか苦手だし」

知美の顔が泣きだしそうにゆがんでいき、真平はあわてた。

「あ、ごめん。やっぱ、ヤだよね、そんなの。もう決めたことだしね。ウソウソ」

「違う。うれしいの」

「え? そうなの?」

「わかった。真平の言うとおりにしよ」

「え? いいの? ありがとう」

安堵したようにジュースを飲む真平に、知美は「あのさ」と切り出した。「女の子から言うことじゃないとは思うんだけど」

「何?」

「私たち、結婚するんだよね？」

何を今さらという顔で真平は答える。「そうだけど」

「なんでさ、真平はその……私とは」

「ん？」

「あ、いいや。やっぱ、いい。ハハ。ちょっとお手洗い行ってくるね」

逃げるように席を立つ知美を見ながら、真平は大きく息を吐いた。本当は知美が何を言いたいのか、わかっている。

なぜ、私を抱かないの？

「それなんだよなぁ……」と真平は暗い表情でつぶやくのだった。


ゆうべは千明様と涼太殿はどんな話をしたのだろうか。涼太殿の書いた物語に、千明様の視点が加わり、そこに私も入ることができるのだ。

万理子は興奮のあまり眠れなかった。朝になるとすぐに部屋を飛び出し、千明の家の前にやってきてしまった。まだふたりとも眠っているだろうに、一体何をしているのだと思うが、どうにもこのワクワクは止められない。と、ドアが開き、涼太が出てきた。

「あ……」

万理子に気づいた涼太は、バッグからポケットティッシュを取り出し、何枚か引き出すと、それを渡した。そして、ポカンとしている万理子の右手を両手でやさしく握る。

涼太の表情から、万理子はすべてを察した。

手を離すと、涼太は何も言わず去っていく。

鼻の奥がツーンとなり、万理子はもらったティッシュをあわてて当てる。しかし、ティッシュは濡れなかった。代わりに一筋の涙がツーッと頬を流れた。


砂浜にかがみ込み、和平が桜貝を拾っている。亡くなった妻が集めていたピンク色の小さな貝。何か理由があって集めていたようだが、今となってはわからない。妻の死が受け入れられなかったころは、こうして桜貝を拾いながら彼女のことを思っていた。千明が隣に越してきてからは、なんだか周りがにぎやかになって、こんなふうに心のなかの妻と語り合うことも少なくなった。それでも、ときどきは妻に会いたくなる。

「おはようございます」

声に振り向くと、こっちに向かって涼太が歩いてくる。

「あぁ、おはようございます」と和平は腰を上げた。「早いですね。作家の先生って、朝は苦手な感じがしますけど」

「俺、漁師の息子なんです、もともと」

「そうなんですか」

波に反射する朝日に目を細めながら、涼太はつぶやく。「気持ちいいところだったんですね、ここって。なんか癒されたっていうか」

「じじくさい街から癒される街に格上げされてよかったです」と和平は笑う。「この間ね、小学生がこの海見ながら、あぁ癒されるなぁって言ってたんですよ。小学生ですよ。どんだけ疲れてるんだ、この国の人たちはって思っちゃいましたよ」

「ですよね」

「あ、ごめんなさい。つまんない話で足を止めちゃって」

「いつか……ちゃんと疲れたら、また来ます」

去っていく涼太の背中を見ながら、あぁ、この人はこの街を出ていくんだなと気がついた。

思わず、「高山さん」と和平は声をかけていた。振り向く涼太に、言った。

「鎌倉はいつまでもこのままで待ってますから」

頭を下げ、涼太はふたたび歩きだす。

目を覚ますと涼太の姿はなかった。

もう出ていったのか……。

千明はベッドから起き上がった。ふと鏡台を見ると、ポストイットが一枚貼ってある。ボールペンで素っ気なく書かれた『お世話になりました！』の文字。

「お世話になりましたって……ここはもうちょっと秀逸なひと言をさ」

千明はふっと笑って、ポストイットを鏡からはがした。


翌朝、朝食の席に千明を含め、みんなが勢ぞろいしたのを見計らって、真平が知美との結婚式を、ここ、カフェ『ながくら』で家族のみで行いたいと申し出た。

「いいかな、兄貴」

「もちろんだよ。お前の好きにすればいい。まぁ、真平らしいな」

「ありがと。あ、千明も参加してね」

「え？　いいの？」

「家族みたいなもんなんだから」と真平は頷き、和平も「もちろん、ぜひ」と微笑む。

「ありがとう」

結婚式に出席するのは初めてだと喜ぶえりなに、「ドレス買わないとな」と和平も頬がゆるむ。しかし、「今度の日曜、お父さんと」という誘いは、「千明さん一緒に選んで」という食い気味の言葉で否定された。

みんなのお祝いムードに水を差したのは二日酔いで顔をむくませた典子だった。水谷家は自分と息子の翔のふたりだけで出席すると言い出したのだ。

「おいおい、おめでたい席になんだそれは。夫婦ゲンカくらいで」

「いつものケンカとは違います」と和平に告げる典子に、千明は少し心配になる。

「あんたさ、昨日ひどい酔い方してたけど何があったの？」

「出ていったのよ、向こうが」

「出ていった？」と和平は驚く。「ゆうべ、鎌倉にいたぞ。一緒に飲むはめになったんだから」

「はぁ？　ちょっと何やってんのよ、男ふたりでこそこそ。イヤな感じ」

「イヤな感じって、こっちのセリフだよ。俺はひとりで飲みたかったんだ、昨日は」

「また誰かに何か要求されちゃったんですか？」と千明が訊ねる。

「言いません。男にはね、ひとりで飲みたいときがあるんです」

「カッコつけちゃって。女にだってありますよ、そういうときは」

「いや、私が言ってるのはべつに……」と急に和平の声のトーンが落ちる。今朝、涼太が千明の家を出ていったことを思い出したのだ。

「なんですか？　言いたいことがあるなら、どうぞおっしゃってください。言いかけて黙るとかやめてもらっていいですか。感じ悪いんで」

「感じ悪いって……じゃあ、言ってもいいんですか？」

「どうぞって言ってるじゃないですか」

「今朝ね、涼太君が出ていってですよ、あなただってひとりで飲みたい気分なのかなって思ったけど、場をわきまえて言わなかったんですよ」

「あぁ、それはお気づかいどうもありがとうございますぅ」

嫌味たらしく言われ、和平もカッとなる。「ホント、やさしさを踏みにじる女だな」

「女とかいう言い方やめてもらっていいですか」

そこにえりなが「あの……」と割って入ろうとする。

「遅刻だよね、わかってます」

千明は皿に残った料理をかき込むと、立ち上がった。「万理子、行くよ！」

「合点承知でございます！」

集合したスタッフ一同に、千明はまた脚本家を探さなければならなくなったと告げる。困惑する武田らをよそに、なぜか三井は余裕の表情。前もって千明から連絡を受け、ある脚本家から承諾を得ていたのだ。すでに会議室に呼んでいるからと三井はみんなを連れていく。

「お久しぶりです」

待っていたのは、ピンクのジャージの上下を着た栗山《くりやま》ハルカだった。二年前、千明の最後の連ドラプロデュース作品となった『まだ恋は終わらない』で組んだ若手女流脚本家である。イマドキ女子ならではの感覚的な脚本を書く脚本家で、昔気質のドラマ作りをする千明とはかなり激しくぶつかったりもしたのだが、最終的には結構いいコンビになれたと千明は思っている。

もちろん、今回の連ドラに関してもハルカのことは考えたのだが、子どもを産んだばかりで復帰は当分先らしいという話を聞いていたので連絡をしなかったのだ。

現にハルカの脇に置かれたベビーカーには可愛い赤ちゃんの姿がある。

「ご無沙汰してます。なんか雰囲気変わったよね。なんかあった?」

「はい。お腹が大きい間に浮気されて、離婚しました」

あっさり答えるハルカに、「大変だったね、それは」と千明は思わず笑ってしまう。

「何うれしそうな顔してるんですか、千明さん」

「いやいやいや、してませんよ。ハハハ」

「とにかく、あのころの私とは違うんで。仕事は遊びじゃないんで」

「遊びだったのか、あのころ」

「シビアにやらせてもらいます。その代わり、当ててみせますんで」

頼もしい言葉に、スタッフ一同から歓声が上がる。

「ギャラはこれでお願いします」と手のひらで隠しながら千明に指を立てて見せる。

「プラス、ベビーシッター代もお願いします」

千明が三井を振り返ると、ぶんぶん首を振っている。

「ベビーシッター代はちょっとむずかしいかも……」

「では失礼します」と帰ろうとするハルカを、「わかった」と千明はあわてて引き留める。

「ひとつだけ、条件があります」

「今の時点でひとつじゃないけど」

「私の書くドラマには、まどかという名の女が登場します。その女は、とても性悪で最悪の女です。そして悲惨な終わりを迎えます。これが条件です」

ポカンとする千明に飯田が耳打ちする。「浮気相手の名前です」

「それがないと書けません」

「あははは、なんか、いいですよ、ハルカ先生。たくましくなったというか、カッコいいです」と千明は楽しそうに笑いだす。人生の修羅場を経験して、いい感じにひと皮むけたみたいだ。

「では、これが企画書です」とハルカはプリントアウトした書類を取り出す。

まさか、すでに企画もできているとは……。

企画書をめくる千明の元にみんなが集まる。

ハルカは万理子の両手をとり、言った。

「万理子ちゃん、私についてきて」

「は！　ついてまいります！」

「あは、可愛い！」と万理子の頭をくしゃくしゃにする。新たな師匠の登場に、万理子の胸も高鳴るのだった。

公園でキャッチボールをしながら、これも仕事かと思うとなんだか和平は妙な気分になる。今度、市長が始球式をすることになり、その練習相手をしているのだ。

和平はまったく野球をしたことがない市長に手取り足取り投球フォームを教え、今、ようやく数メートル離れてのキャッチボールができるようになったところだった。

「長倉さん、私が始球式を行う場合、アイドルのようにまったく届かなかったりして、すみませ〜んみたいな意外と可愛いキャラがいいのか、ビシッと真ん中に投げて、やるなぁあのおばさんと思われたほうがいいのか、どちらが好感度高いと思われますか」

「ビシッといきましょう！」

即答され、ちょっと納得できないが「わかりました」と市長は教わったフォームで投げる。

「ナイスボール！　市長！」

和平がボールを投げ返そうとしたとき、市長に向かってサッカーボールが飛んでくるのが目に入った。隣でサッカーをしていた子どもたちの誰かが蹴りそこなったのだろう。

「危ない！」

和平は飛び出し、市長を抱きしめるように芝生の上に転がった。ボールはふたりより少し離れた場所に落ち、転がっていく。

「大丈夫ですか？　市長」と抱きしめた格好で和平が訊ねる。

「大丈夫……です」

起き上がり、転がるボールを見ながら、「大して危なくなかったですね、ハハ」と和平は頭をかく。まさか、自分が市長の一番萌えるボディガードシチュエーションを再現したとは思ってもみない。市長はドキドキと跳ねる胸を押さえながら、困惑の表情で和平を見つめた。

ハルカのベビーシッター代を節約するため、典子がその役割を務めることになった。局に着いてから、ベビーシッターの役で女優デビューするんじゃなかったのかと典子に詰め寄られ、千明はあきれるが、いざ赤ん坊を相手にするとさすが母親、うまいものである。これなら大丈夫とハルカも安堵して息子を預け、打ち合わせのため会議室へと入る。

できあがった初稿を読みながら、まずはスタッフそれぞれが感想を言い合う。若い女性が共感できるセリフがちりばめられたハルカらしい脚本だが、初稿だと破綻しまくる物語構成が今回はわりとしっかりしており、読み進める千明の表情もやわらかくなる。

「この38シーン、いいねえ」

千明が言うと、「私も好きです」と飯田も同意。ハルカが余裕の表情で返す。

「そこ、万理子ちゃんのアイデアです」

「へえ、やるじゃん、万理子」

「恐縮でございます」

「この40シーンのすれ違いも面白いアイデアですね」と今度は武田が発言、ハルカは少しイラッとしたが、顔には出さずに、言う。「そこも万理子ちゃんのアイデアです、ね」

「恐れ入ります」

まずい雰囲気を察した三井が千明に目配せ。千明はハルカっぽい描写を探す。

「あ、このラストさぁ」

「はい、そこ私」とハルカが笑顔になる。

「さすが先生、なかなかスゴみがあって、いいですね」

「ありがとうございます」

「でも、ちょっと強烈すぎるかなって気もしなくはない……かな」

「千明さん、何も変わらないですね」

「え? あ、そう? ありがとう」

「いやいや。この二年間、女として何をやってたんですかって意味ですよ」

「そっち?」

「やっぱり結婚、出産、離婚と経験した人の気持ちはわからないか。女として大丈夫ですか?」

そこを突かれると千明には返す言葉がない。

急に重くなった空気にスタッフ一同は戸惑うが、ハルカは主導権を奪い返して満足げ。少し落ち込みつつも、やっぱり脚本家はこれくらいの我の強さがないとなとあらためて思う千明だった。

ひと通り意見が出そろったところで千明はスタッフルームを出た。典子を捜すと、中庭にいた。芝生の上にレジャーシートを広げ、ピクニック気分で赤ん坊をあやしている。

「どうですか?」

「いい子だね……翔もこれくらいのときは可愛かったなぁ」

「へぇ……あんたもお母さんなんだよね」

「見えないでしょ、全然」と、若さをアピールする典子に、「そういう意味じゃないから」と千明は苦笑する。

「ベビーシッター、できそう?　こっから結構、必要になっていくんだ」

「うん、頑張る。ありがと」と母の顔で赤ん坊に目をやる典子の姿がさっきのハルカの言葉と重なり、千明は心に鈍い痛みを感じた。

エプロン姿の和平が懸命に粘土と格闘している。周りはやはり女性がほとんど。薫子との二度目の友情デートは陶芸教室だった。

話題が真平の結婚のことになり、「結婚か……」と薫子の口から思いがこぼれる。

「楽しかった時期もあったんですけどね」

どこか寂しそうなその表情に、和平は薫子の結婚生活を想像してしまう。きっと、言葉にするのはむずかしい、つらいことがあったのだろう。

「あ、ごめんなさい。おめでたい話なのに」

「いえいえ、私が結婚するわけじゃないですから」

薫子は微笑み、友達になってもらって、今、本当に楽しいとあらためて感謝の気持ちを和平に伝える。「そうですか」と照れる和平に確認するように、言った。

「はい。セフレを前提とした友達」

「……原田さん、ちょっとお聞きしたいんですけど、セフレの意味わかって言ってます？」

「もちろん。もういけそうですか？」

「いやいやいや」

「まだですか。合図くださいね、ＯＫの」

「いや、えっと」

和平がどう対処したものか困っていると、先生が薫子を呼んだ。「はーい」と薫子は奥のほうへと向かう。と、トントンと肩を指で叩かれた。振り向き、和平は

「うわ！」とのけぞる。

「こんにちは。お久しぶりですぅ」

満面の笑みで見つめるのは、知美の母の秀子《ひでこ》だった。

和平のかつての見合い相手で、今の薫子とのように何度かデートをしたこともあった。やっぱりどこか人とは違う、なかなかファンキーな女性である。

「あ、どうも……このたびはあの、真平のことで、きちんとした挨拶もまだで、その」

そんな話はどうでもいいとばかりに、秀子は食い気味に訊ねる。「誰？　セフレ？　セフレって言ってましたよね。すご～い、本当にあるんだ」

「いやいや、違います」

秀子と不毛な会話をしていると、薫子が戻ってきた。すかさず秀子が挨拶する。

「私、和平の義理の母でございます。よろしく」

「いや、間違ってますから」とあわてて和平が訂正する。「弟の嫁さんのお母さんなんです」

「あぁ、そうなんですか。おめでとうございます」

「ありがとうございます……ねぇ、きれいな方で……なるほどねぇ」

秀子は和平に意味深に微笑むと、背中をバンと叩いた。

「いってえなぁ、もう」

「そっか、ハルカ先生にそんなこと言われたか」

ハルカからのひと言のダメージが意外に大きくて、千明は急遽親友ふたりを招集していた。啓子に頷き、千明は再現してみせる。

「千明さん、女として大丈夫ですかぁってね。まぁ、いいんだけどさ。元カレも在庫切れだし、女子会増えるからよろしくね」

啓子と祥子は一瞬困った顔になるが、すぐに乾いた笑いでごまかした。

「大体さ、浮気されて離婚したくせに偉そうなこと言うんじゃねぇっつーの」

「そんなこと言ってると怖がられるよ、若い子に」と祥子がたしなめる。

「そうだよ。今さ、私たちみたいな女の呼び方知ってる？　なんとかコワっていうの」

「何それ？　コワって怖いってこと？」と千明が啓子に訊ねる。

「そうそう。怖いの種類がいろいろあるんだけど、千明はどっちかっていうとキレコワかな」

「キレコワ？　きれいで怖い？　悪くないじゃん」

「違う違う。きれい系の服着てる怖い年上女」

「……悪かったね。じゃ、あんたは？」

「私は、まぁ、あれだね。カワコワ」

「あぁ」と祥子が頷く。「可愛い服着た怖い年上女？」

「ハハ。まぁ、そうだね」

「じゃあ私は？　私は何コワ？」

期待に満ちた目で祥子はふたりをうながす。千明はしばし考え、言った。

「コワコワ？」

「何よそれ、ただ怖いだけじゃん」

「そう。怖くて怖い」と千明が笑う。そのとき、啓子の携帯が鳴った。啓子は携帯の画面を見て、仕事の電話だと席を離れる。

啓子の背中を目で追いながら、千明は言う。「仕事の電話じゃないね、あれは。普通わざわざ仕事だとか言わないいし、それに何あの声のトーン。間違いない……絶対、帰るよ」

「そうかな」

そこに啓子が戻ってきた。「ごめん」とふたりに手をかざし、バッグをとる。「急に仕事で戻らなきゃならなくなっちゃって……ホントごめん」

さっさと去っていく啓子に、「ほらね」と千明は笑う。

「ま、今日はふたりで飲もう」

「ハハ。だね」

しかし、次の瞬間、祥子の携帯が鳴った。着信表示に祥子は困った顔になる。

「どうしたの？　出ないの？」

「ハハハ」


なんだよ、結局みんな友情より男かよ……。

コンビニ袋を手に、千明が駅からの家路を歩いている。神社の境内に差しかかったとき、「お疲れさまです」と声をかけられ、驚いた。振り向くと、灰色のスウェットを着た和平がベンチに座って缶ビールを飲んでいる。

「びっくりした。お地蔵さんがしゃべったと思いましたよ」

「石みたいな色してますけど、人間です」と和平が冷静に返す。「本当はひとりでバーにでも行きたい気分だったんですけどね」

「あぁ、ありますもんね、男にはそういうときが」

「もうその話は勘弁してください。ひとりで飲んでるとまた誰かと偶然会いそうで……で、家に帰ったんですけど誰もいなかったんで、たまには気分を変えて外で飲んでみようかなって」

「なるほど」

「どうですか？　ビールありますよ」

「実は私も」と千明はコンビニの袋をかかげて見せる。和平はにっこり笑って、隣を空けた。

「どうぞ」

「ありがとうございます。じゃ」

千明は隣に座り、缶ビールを開ける。乾杯して、一口飲むと、なんだか笑えてきた。

「私も友達と飲んでたんですけどね、なんかひとりになっちゃって。どうしようかな、みたいなまま帰ってきてしまいました。あるんですよ、女にも」

「はい。わかりました」

「じゃあ、今夜は先輩から、どうぞ」と千明は和平に話をうながす。

絶対話すつもりはなかったのだが、秀子に知られてしまった以上、結婚式のような最悪のタイミングでみんなに暴露される可能性が高い。だったら、ここでカミングアウトしてしまったほうが、まだ傷は浅いだろうと和平は判断した。

「セフレ⁉」

夜の神社に千明の爆笑が響きわたる。

「笑いすぎですよ」

「ないないない。長倉和平がセフレって……いらないわ、そんなの」

「そう言うと思いました」

笑いの発作が収まり、千明は和平に訊ねる。

「で、応えてあげたほうがいいのか悩んじゃってるわけですか？」

「そんなことできるわけないじゃないですか、私に」

「できたらこんなふうになってませんよね」

「はい。ただね、彼女の話を聞いてると、この人はすごく寂しいんだろうなって思ったんですよ。なんとか自分の人生を面白いものにしたくて必死でもがいてる……そんな気がしたんです」

「へぇ」

「そのもがき方に私はついていけなくて困ってるんですけどね」

苦笑する和平に、千明は頷く。「わかる気はしますけどね、女として、彼女の気持ちは」

「そうですか？」

「はい。そういうのいたらいいなと思うこともありますもん、私だって」

「本当ですか？」

「やってみたらどうですか?」

「半笑いで何言ってるんですか」

ふたたび笑いの発作が千明を襲う。「ごめんなさい。想像したら、もうダメだ」

「失礼な。わかんないじゃないですか」

「いいじゃないですか、モテてる感じがして。問題は私なんですよ」

「何かあったんですか?」

「最近、女としてどうなのかなって」

「どういうことですか?」

「今日もね、若い脚本家の女に言われたんですよ。千明さんはそれでいいんですかぁ、女として何もないじゃないですかって……ハハ……たしかに何もないんですよ……」

「はぁ……」

「それに、涼太ね。無事に出ていきましたけど、最後の夜にね、ちょっとそんな感じの流れになったんですよ。あれ? しちゃうのかなみたいな。そしたら彼、私の腕のなかで、まぁ気持ちよさそうに寝息をたてて……その図はまるで母と息子ですよ。イヤだ、そんなの。ホント、やだ」

「でも、それはあれですよ。涼太君はあなたに癒されたんですよね」

「癒されちゃったんですか？　うわっ、癒したくなかったなぁ」

「ハハ」

「じゃあ、私、意外と癒し系ってことじゃないですか」

ビールもう一本もらいますねと千明は和平の袋の中をごそごそと探す。

「なんすか、これ」と千明が袋から取り出したのは、花火のセットだった。

「何って花火ですよ。もう売ってるんだなと思って。子どものころ、きょうだいでよく遊んでたから今でも花火を見るとつい買っちゃうんですよね」

「へぇ……なつかしい」

花火なんて下手したら十年以上やってないんじゃないか。そう思うと居ても立ってもいられなくなる。千明はすぐに花火の袋を破った。

「今、やっちゃいましょう！」

「今ですか？」

「あ、私これやりたい」

「あ、ちょ、ちょっと待って！　それは私が……！」

大の大人が夜の神社で、花火を手にはしゃいでいる。

赤と緑の花火を振り回しながら千明はふと思った。

もしかして、この人……ここで私を待っていてくれたのかな？

……んなわけないか。

千明は笑いながら、花火を和平のほうへと向ける。

「あちっ、やめなさいよ。子どもか！」

第6話　それでも人生は素敵だ

　結婚式が明日にせまった早朝、真平はひとり浜辺に座って海を見ていた。子どものころから、悩んだり迷ったりしたとき、自然と足がここに向かう。おだやかな潮騒をBGMに海風に吹かれていると、波立つ心も落ち着いてくる気がするのだ。

「あれ？　真平？」

　声に振り向くと、コンビニの袋を持った千明が近づいてくる。

「千明……おはよう」

「おはよう。どうした？」

「あ、いや……あのさ」と口を開きかけたが、思い直した。「やっぱ、いいや」

「何？　ひょっとしてマリッジブルーとか？　最近は花婿のほうがなるっていうしね」

「いやいやそれはないよ。俺は結婚したくてするんだもん。ブルーになんて絶対ならないよ」

「そう。幸せだ、知美ちゃんは……でも、結婚するんだねえ、真平が」

　感慨深げな千明に、「ね」と真平が頷く。

「ここ数年で一番すごいことだよ、これは」

「そう?」

「うん。すごい進歩じゃん。私なんか、全然変わってないもん」

微笑む真平に、千明は思わず「ありがとう」と言っていた。

「あ、ヘンな意味じゃなくて、私がこうやって鎌倉でやってこれたのは真平がいてくれたおかげだからさ」

「本当? なら、うれしい」

「で、そんな幸せの絶頂の真平君は、結婚式の前日に海を見つめ、ひとり何を悩む?」

「え? あぁ……これは千明に相談するのはどうなのかな。いや、逆に千明にしか相談できないことなのかな? どっちだ?」

意味深なことをつぶやかれ、千明は余計に気になってくる。千明に押し切られるように、真平は目下の悩みを打ち明けた。

「……なるほど、そっち系の問題でしたか」

「やっぱり、まずかったね」

「ううん」と首を振り、千明は続ける。「それはあれかな、真平はさ、今まで寂しい女性のためにある意味お仕事としてそういうことをしてきたわけだけど、本当に心から好きになった女の子には、なかなかそういうことができない的なことなんですかね？」

「うーん……自分でもよくわからないんだけどさ。いや、結婚を決めてね、そこには一点の曇りもないんだよ、本当に。大好きだし、あいつのこと。幸せだって思ってる。でもね、いざエッチってなるとさ、ふっと思っちゃうんだよね。子どものこととか」

「あぁ……親になるのが怖いとか？」

「いや、親になれないかもって思うっていうか」

「え？」

「俺はさ、いつ死ぬかわからないじゃん。で、知美はさ、それを知ってて、それでも一緒にいたいって思ってくれたわけだけど、生まれてくる子は違うじゃん。俺、小さいときに両親死んじゃって、そのときの寂しさっていうの感じたし……兄貴がさ、大変な思いをたくさんしてるのを見てたから。何も言わないけど、多分いろんなことを我慢してさ、俺たちのために。それに、知美はうちみたいなにぎやかな家族に憧れてるから……そういう思いを、あいつと子どもにさせちゃうのかなって、なんか考えちゃってさ。だったら、結婚なんてするなって話だよね」

自嘲的に笑う真平に強く首を振り、千明は言った。

「無責任なこと言えないよね。大丈夫だよとか考えすぎだよとかさ。でも……なんか素敵だね。だって、そんなふうに思える人と出会ったんだもんね、真平は。知美ちゃんと一緒に生きたいって思ってるんだもんね」

「……うん」

「だったらさ、信じるしかないね、未来を」

「……」

「自分の、未来を信じるの。信じるしかないの。それが生きていくってことだと私は思う」

「……」

「ね、真平」と励ますように、千明は真平の腕を軽く叩いた。真平はなんだか胸が熱くなってしまって、込み上げてくるものを必死に抑え、「うん、わかった」と微笑む。

「うん。あとはあれだね、きっかけだな。新婚旅行とか行かないんだっけ?」

「うん。あいつも俺も夏は忙しいから」

「そっか」

そのとき、「真平、そろそろ行くぞ」と和平の声がした。振り返り和平に答える真平に、「そっか、今日はお出かけだったね」と千明が言う。

「うん。ごめんね、千明。ありがとう」

そう言って和平のほうへと歩きだす真平を、千明はやさしい笑みで見送った。

鎌倉の海を一望する高台に長倉家の墓はある。勢ぞろいした長倉家一同と知美がそこへやってきた。真平と知美の結婚を報告に来たのだ。墓参りだというのに、なんだか楽しそうにみんなで墓をきれいにし、花を供え、そして真平と知美が墓前に向かう。

神妙な面持ちで手を合わせ、ふたりは亡き真平の両親に結婚を告げる。閉じていた目を開け、腰を上げた知美に和平が言った。

「いいところでしょう？　お嫁さんに来てくれる人にお墓を自慢するのもあれなんだけど、ここは長倉家の一番の自慢なんですよ」

「はい。素敵なところです」

「ありがとう」

「死んでここに入るんだったら、ちょっといいななんて思ってたよ、俺」

真平の言葉をうけ、知美の表情に影が差す。すぐに「真平」と和平がたしなめた。

「あ、いやいや、今は思ってないよ」

「もうバカ、心配させないでよ」

じゃれ合うふたりを、和平は安堵の微笑みで見つめる。

墓参りを終えると、男と女の二手に分かれた。千明も合流して、女性陣は今日の女子会用のお買い物。和平と真平は家に戻って、結婚式の準備である。

リビングの中央にある大きなテーブルを店の外へと出すべく、和平と真平が奮闘している。あまりの重さに顔を真っ赤にしてうなる和平に、思わず真平が「大丈夫？」と声をかける。

「大丈夫じゃないよ。なんでこんな大変なことをふたりでやんなきゃいけないんだよ」

「しょうがないじゃん。女子は結婚前夜祭女子会なんだから」

「それって花婿のほうなんじゃないの？　結婚前の晩にさ、独身最後のバカ騒ぎとかするのは」

「今どきは女子なの」

「まったく、なんでもかんでも奪っていくな、あいつらは」

「ていうか、兄貴が言ったんじゃん。男に任せて、どうぞ楽しんでくださいって」

「ふたりしかいないってことを忘れてたんだよ。典子も男に入れてた」

「ほら、ちゃんと持って」

「はいはい、よいしょ！」

そのとき、玄関のベルが鳴った。注文していたフラワーアレンジメントが届いたようだ。真平が応対に向かい、和平は仕方なくひとりでテーブルを移動する。どうにかテラスに出すと、千明の家から女たちの楽しげな声が聞こえてきた。買い物を終え、帰ってきたらしい。

「でも、大丈夫ですかね、男ふたりだけで」

知美ひとりが長倉家の様子を気にしているが、千明と万理子は呑気なものだ。

「そうだよね。しかも、そのうちのひとりは五十二だしね」

「はい。ほぼ戦力にならないものと思われます」

「手伝ったほうがいいですかね」

なおも心配する知美だが、典子もえりなも関心がない様子で買い物袋の中身を取り出している。

「いいのよ、やらしときゃ。それくらいしか役に立たないんだから、男なんて」

「いい運動かも。あの人、最近お腹がぽっこりで、実は結構気にしてるし」

「みんなが気づいていることに本人はまったく気づいていないというイタさと切なさを兼ね備えております」

「大変だね、おじさんは」

自分だっておばさんだろと千明の一言に心のなかでツッコみながら、和平はテーブルを隅へと寄せる。そこにようやく真平が戻ってきた。ふっと気を抜いた瞬間、バランスを崩してよろけ、外してあった戸を倒してしまった。

「あ～あ、もう。兄貴、頼むよ。仕事増やさないでくれる？」

と、隣から千明の声。「大丈夫ですか⁉　おじさーん！」

恨みがましく隣を見ながら、和平は声を張り上げる。

「大丈夫です！　おばさーん！」

女たちは縁側に集まり、パーティーの準備をしていた。古いトランクをテーブル代わりに、その上に昼間小町通りで買い込んだ大量の鎌倉グルメを所狭しと並べる。それぞれが飲み物をつぎ合い、それではと千明がシャンパンの入ったグラスをかかげる。

「では、知美ちゃんの結婚前夜バチェロレッテパーティーを始めたいと思います！　じゃ！　おめでとう！　乾杯！」

「乾杯！」

みんなとグラスを合わせた知美の顔に、幸せな笑みが広がる。

「ありがとうございます」

「まぁ、まだおめでとうじゃないけどね」

いきなり水を差す典子に、千明はあきれた。「あんたね」

「だってまだ結婚したわけじゃないじゃん。明日でしょ、おめでとうは」

「正確にはそうかもしれないけどさぁ」

「わかんないわよ。今夜、この会の間に気が変わるかもしれないし。まだ間に合うよ」

どう答えたものかと戸惑う知美に、万理子が言った。「長倉家の一員としてアドバイスさせていただきますと、典姉の言動に一喜一憂していると、体が持ちませんので」

「私は基本、聞き流す」と冷静に言うえりなに、「正解」と千明が拍手。

「何よ、えりなまで。まぁいいや。とにかくパーティーパーティー。朝まで楽しく飲もう！」

「いや、朝まではちょっと。式のとき、顔がパンパンに」

典子は知美の顔を覗き込んで、「大丈夫よ」とにっこりし、知美はふくれる。

「どういう意味でしょうか？」

のっけから暴走気味に地雷を踏みまくる典子に、千明は少し心配になってきた。

「あんたねぇ、わかってると思うけど、明日はおめでたい席なんだから縁起の悪いこと言ったりしちゃいけないんだからね」

「わかってるわよ、そんなの。だから今日はいいわけでしょ？」

「今日だってダメ。ていうかさ、言葉悪いけどあんたの存在そのものが縁起悪いんだから」

「たしかに」とえりなが頷く。

どうしてと不満顔の典子に、千明が説明する。「今のあんたを語ったら結婚式で言えない言葉ばっかりじゃん。離婚、浮気、愛人、失踪……そんなのばっかりなんだからね」

「あぁ……たしかに。ハハ」

「で、どうなってんのよ？　行方不明の夫は」

「わかんないわよ、そんなの。だから行方不明なんでしょ」

「そっか。じゃ、あんたはどうすんのよ」

「どうすんのって婚活するわよ。いけるでしょ、全然」

「婚活？　あんた離婚もしてないじゃん」

「行方不明なんだからしょうがないじゃない。結婚生活を放棄したのは向こうなんだから。順番なんてどうでもいいの」

千明と典子の会話を聞いていた万理子が、知美に向かってポツリと言う。

「たしかに縁起の悪い言葉の宝庫のような人ですね」

「はい……」

「ていうかさ、そんなにイヤな思いしてもさ、まだ結婚したいんだ。そんなにいいもんなわけ？　結婚って」

千明に聞かれ、典子は当然でしょという顔で頷く。「今さらひとりで生きてくのなんてさ、やだやだ、無理無理。イヤになったらまた別れればいいんだしさ」

夢もロマンも何もない、とことん現実的な典子の考えに一同はシーンとなってしまう。さすがに場の空気を感じ、典子は「ごめん」とあやまる。

「たしかに縁起悪いね、私。ま、一度くらいは経験したほうがいいんじゃない？　結婚。楽しかったことも、たくさんあったしね」

「あの……今、もし仮に広行さんが帰ってきたとしたら」

万理子の問いに、典子は食い気味に答える。

「殺す」


なぜか殺気を感じ、広行は辺りをうかがう。ちょうど長倉家へと入る細い路地に、足を踏み入れたところだった。髪はぼさぼさで着たきりの服も汚れが目立ち、もはやホームレスの一歩手前である。長倉家から真平と和平の声が聞こえてきて、孤独感にさいなまれていた広行は泣きそうになる。が、次の瞬間、隣の家から典子の声が聞こえてきた。

「じじぃ、殺す。ぶっ殺してやる」

広行があわてて逃げだそうとしたとき、真平が家から出てきた。

「あ」

広行は真平に向かって、静かにと指を立て口元に当てる。真平はすぐに駆け寄ってきた。

「お兄さん、どうしたんですか？」

「真平君、俺はうれしいよ」

突然、広行に手を握られ、真平は戸惑う。

「幸せな結婚生活を送ってくれ」

そう言って、広行は真平の手に何かを握らせた。「少ないけどお祝いだ。受け取ってくれ」

「あ、ありがとうございます」

広行はもう一度、指を立て、きびすを返す。思わず真平はあとを追った。

「帰ってこないんですか？」

広行はふっと苦笑し、「俺のようにはなるなよ」と去っていく。

真平が呆然と見送っていると、和平が家から出てきた。「どうした？」

「ちょっと今、広行さんが」

「え？　来たのか？」

「これ」と真平はもらったティッシュの包みを見せる。「お祝いだって」

和平はティッシュの包みを開ける。出てきたのはしわくちゃの千円札が二枚……。

「おこづかいじゃないいんだから……何やってんだろうなぁ、本当に」と和平はため息をつく。


夜になって、ようやくカフェ『ながくら』の結婚式仕様が完成した。テーブルやソファがどかされ、がらんとなったスペースを感慨深げに眺めている和平に、隅で料理の下ごしらえをしていた真平が訊ねる。「どうしたの？」

「こうなると思い出すな。カフェやる前は、ここでよくガキのお前らを遊ばせたなって」

「うん。遊んだねぇ」

「ここら辺りに」とテラスとの境を指し、和平が続ける。「ほらあの、籐でできた揺れるヤツ、ロッキングチェアか」

「あったあった。なつかしいね。一個しかないから、いっつもみんなの取り合いだったよね」

「そうそう。万理子が座ってるのに無理やり典子のバカが乗って」

「バキバキって音たてて」と真平が笑う。

「あいつはホント破壊魔だったからな」

「本当だよ。変わんないね」

「ずっと、ここで生きてきたんだな……」

「そうだね」

「お前がさ、カフェやりたいって言いだしたの、何年前だっけ？」

「十五年前」

「十五年⁉　年取るわけだよなぁ」

「古民家カフェとしてはかなり早いからね」と真平が得意げに言う。

「お前がさ、サーフィンの雑誌だっけ、みんなの前で広げてさ。俺はこの家をこんなふうにしてカフェをやるんだ。名前はカフェ『ながくら』にしますって言いだして……俺はさ、自分たちが普通に暮らしてる家がカフェなんかになるのか、場所も場所だし、客なんか来るのかって思ったけど、お前はやたら自信たっぷりで、大丈夫って」

「まぁね。ごはん作るの好きだったしね」

「……でも、本当の理由は違った」

「ん？」

「いつも家にいられる仕事を考えた」

真平はえんどうのすじをとる手を止めずに、和平の話を聞いている。

「みんな、口にはしなかったけど、お前の体を心配していた。いつ何が起きるかわからないって医者にも言われてたし、お前がひとりで出かけたりするとみんな心配でそわそわしてさ、お前もそれを感じてた。だから、なるべく心配や迷惑をかけない仕事を考えて、ここでカフェをやることを思いついた。それに引きこもりみたいな万理子ともずっと一緒にいてやれるって」

「……バレてた？」

「兄貴だよ、俺は」

「そっか」

「この家のごはんは全部俺が作るよ。カフェやるついでもあるし、俺は結婚しないから。ずっとここにいて、この家のお母さんみたいになるんだって、お前は言った」

「よく覚えてるね」

「そんなお前が結婚か」と和平はしみじみと言う。「うれしい……うれしいよ。親父とおふくろも喜んでるんだろうな」

　真平は和平を見て、黙ったまま微笑む。

「知美ちゃんに感謝しなきゃだな。お前のすべてをわかった上で、一緒に生きていくって言ってくれたんだろ？」

「わかってるよ」

「大切にしろ」

「うん」と頷き、真平はすっと和平の前に立った。

「兄貴……ありがとう。長い間、お世話になりました」

　頭を下げたとき、床に涙のしずくが落ちた。話を聞きながら、もうたまらなくなっていた。兄のやさしさ、愛情が自分をここまで育ててくれた。感謝など、してもしきれない。

「バカ、男同士で何やってんだよ。しかも、兄弟だろ」

　不意打ちに和平の胸も熱くなる。あわてて、とりつくろうとしたが遅かった。

「あれ？　泣いてんの？」

「バカ。泣くわけねえだろ」

　顔をそむけて、和平はそっと目頭を押さえる。

「あの人よく泣くのよ。私の結婚式のときなんてさ、すごかったのよ。バカみたいに泣いて」

典子のエンジンが全開になり、女子会はそろそろカオスな気配が漂いはじめている。

「バカみたいって」

「千明もビデオ見て笑ってたじゃない」

「そりゃ笑ったけどさ……あれはあれであの人らしくて、いいシーンだったよ」

「わかるけどさ、爆笑だったよ。ていうか、知美ちゃんはさ、大丈夫なの？　バージンロード。まさかバージンのまま歩くわけないよね？」

「何言ってんの？」

「いや、なんかこの人たち見てるとさ、おままごとみたいで男と女に見えないんだけどさ、やることやってんの？　セックスとかさ」

「ちょっと！」

すかさず千明が止めに入る。こいつは地雷女ならぬ爆弾女だな。あたりかまわず手榴弾投げやがって……。

「このタイミングで、そこ掘りますか……」と被弾した知美はシュンとなる。

「やっぱりそうなの？　なんで？」

「私にもわからないんですけど……私にそういう魅力がないということなんでしょうか？」

「ちょっと待ってちょっと待って」と千明がふたりの会話に割って入った。いくら大人びているとはいえ、この手の話はまだえりなには聞かせたくない。

千明は万理子の手をとると、「ごめんね」とえりなの耳をふさがせる。えりなは不服そうな顔をするも仕方なく了承。逆に万理子はできれば聞きたくないのだが、自分の手はふさがってしまい困ってしまう。千明のゴーサインで、ふたたび知美が口を開いた。

「あれですかね。なんか私、子どもっぽいっていうのもあるし、可愛すぎてそういうことできないみたいなことなんでしょうか？」

「そこまで可愛くはないでしょう」と典子がバッサリと切って捨てる。

「……ですよね」

「でも、あるかもしれないよ。大切だから手を出せないみたいなね」

千明のフォローも「ないわよ、そんなの」と典子がバッサリ。「そんなのね、できないか、したくない男のいいわけ」

「ちょっと、そこまで言わなくてもさ」

「大体さ、結婚したら減っていって、やがてなくなるもんなのよ。それが結婚するまでないってことは、もうないってことじゃない？」

絶望的な宣告に、知美は「え……」と絶句する。

「真平には真平なりの考えがあってのことだと私は思うよ」

事情を知っている千明は、どうにか知美の気持ちを上げようとする。話の流れが落ち着いたようなので、万理子はえりなの耳から手を外した。

知美はずっと考えていたことを話しはじめる。

「真平さん、ひょっとしたら子どもができるの怖いんじゃないかな。自分に何かあったらって思ってるんじゃないかな。私、ひとりっ子だったから、長倉家みたいなのうらやましい。だから子どももいっぱいほしいなって話をしたら、なんか不思議な顔してて……それならそれで、しなくてもいいかなって。そういうのなくても大好きだし……うん」

「真平……」

典子も弟の思いを察し、黙ってしまう。重くなった空気をやわらげるように千明は知美に微笑みかけ、その頭をやさしくなでた。

「心配しなくても大丈夫だよ。いい夫婦になるよ、あんたたちは」

「え？」

「ま、あれだ。その件は私に任せて」と千明はドンと自分の胸を叩いた。

「任せるって？」

「いいからいいから。とにかく今日は飲んで食べて」

「そうそう。パーティーパーティー！」と典子もテンションを戻す。

「ゲームしよ。私、このツイスターゲームってやってみたい！」

えりなが気になっていたゲームの箱を開ける。

「それやるの？　私、得意なんだけど」と典子が目を輝かせる。

「きゃ〜！」「そんなとこ触んないで！」「典子、パンツ見えてる！」

突如、隣家から聞こえてきた女たちの嬌声に、首をかしげる男ふたりだった。


オフショルダーの可愛らしい純白のドレスを身にまとった知美を、秀子が感慨深く見つめている。夫を亡くしてから、ずっとふたりで生きてきた。母と娘というよりは年の離れた友達のように、なんでも話し合い、笑って泣いてケンカして……。

そんな娘が六月の花嫁になる。寂しいかと問われれば、そんなことはないと笑って答える自信がある。娘との関係はこれからも変わらないだろうし、真平という新たな家族をつくってくれて、これからの暮らしが楽しみで仕方がない。

「行くよ、お母さん」

知美に声をかけられ、秀子はハッと我に返る。

「うん、行こう」

ふたりは腕を組み、花びらが敷かれた長倉家へと向かう路地を、ゆっくりと歩きだす。

「なんかうれしいね、ふたりで歩くなんて」

「うん……ありがとう、お母さん」

「きれいだよ、知美」

「ありがと」

「うん。私は？」

母らしい返しに、知美は笑う。「きれいだよ」

「ありがとう」

バージンロードに並んだみんなの祝福の拍手のなかをふたりは進んでいく。家の前ではタキシード姿の真平がやさしい笑顔で待っている。

秀子は真平に知美を預けるようにスッと離れた。拍手の音が一段と強くなる。

「なんかいいじゃん。すっごくきれい」

見惚れたように真平が言う。

「ありがと」

知美は幸せいっぱいに微笑んだ。

今日の式は人前式。牧師も神父も神主もいない。立会人を務める千明が前に出る。

「それでは、誓いの言葉の儀式に移らせていただきます。みなさん、心の準備はできていますか。新郎新婦も覚悟はよろしいですか？」

真平と知美は「はい」と頷く。

「では、まずは僭越ながら私から。そのあとはご家族、年の若い順からお願いします」

千明がふたりに笑顔を向ける。

「真平君、知美ちゃん。いつまでも仲よし夫婦ぶりを見せつけて、私に結婚っていいなあと思わせてくれることを誓いますか？」

ふたりは目を合わせ、言った。

「誓います」

続いてえりながふたりの前に立つ。

「私の結婚式にふたりで出席することを誓いますか？」

「誓います」

レモンイエローのドレス姿のえりなはドキッとするほど大人っぽくて、結婚という文字がなんだかリアルに感じられ、和平の心は少しざわつく。

えりなと入れ替わるように、翔がふたりの前に立った。

「うちの両親みたいに、もめても結局もとに戻ることを誓いますか？」

ふたりは苦笑しながら、誓った。

不器用な息子の、精いっぱいのメッセージに、典子の心がズキンとうずく。

次は万理子の番だ。

「私にはわかります、双子なものですから。真ちゃんは絶対幸せになります……誓っていただきたいのは……あの……あの……」

言葉が出なくなってしまった万理子に、真平が微笑む。

「大丈夫。遠くには行かないよ。俺はいつでも万理のそばにいるから」

真平は、「な」と知美に目をやる。知美も頷き、一緒に言った。

「誓います」

「お願いいたします」

万理子が席に戻り、「私か」と典子が立ち上がる。場が妙な緊張感に包まれる。

頼むから爆弾だけは落とすなよと千明が祈るように見つめている。

が、典子は涙声で鼻をすすりながらシンプルな言葉を贈った。

「ずっと幸せでいることを誓いますか？」

不意打ちに、みんなはしんとなる。

「誓います」

目頭を押さえ席に戻った典子に、和平はそっとハンカチを渡した。

「なんだよ、お前、調子狂うじゃないか」

「だって」と泣く典子の頭をよしよしとなでてから、和平はふたりの前に立った。

「……これは誓いというか、俺からの願いなのかもしれないけど……知美ちゃん、真平、これからの人生、自分たちらしさを大切に生きていくことを誓ってください。一生懸命働いて、ふたりでいっぱいおいしいもの食べて、いっぱい笑って、ケンカもして、いい景色見て、ふたりで感動して……この鎌倉で、ふたりらしさを大切に長く生きていってほしい。ここにいるみんなはね、いつまでもふたりの家族だし、いつまでもふたりの味方だから。もっと、安心して生きていけ。それを誓っていただけますか?」

感動に泣きだしてしまった知美を真平が支える。

「誓い……ます」

千明も思わず涙ぐみ、つぶやく。「金八先生か」

席に戻った和平に、「どうぞ」とうながされ、「私、トメですか? まいったなぁ」と秀子が立ち上がる。「なんかいい話すぎて、やりにくいなぁ」

苦笑しながら、秀子はふたりに言った。

「あの、私のことを忘れないことを誓いますか? あ、ときどきでいいんで。レギユラーじゃなくてもいいんで、準レギュラー的家族みたいな？」

　空気がふわっとなごみ、知美にも笑顔が戻る。

「お母さん、何言ってんの、もう」

「せーの」

「誓います！」

　みんなの拍手とともに誓いの言葉の儀式が終了し、思い思い話しはじめる。秀子は和平と千明を振り向き、言った。

「ていうか、あれですよね。私、おふたりはとっくにどうにかなってるっていうか、娘より先に結婚とかするのかと思ってましたよ」

「何を言ってるんですか、急に」と和平はうろたえるが、典子は「そうだよね」と同意する。

「もういいじゃんね、それで。ついでにしちゃえば、結婚」

「ついでってなんだ、その投げやりな言い方は」

「そうですよ。無理無理無理」

「無理ってなんですか無理って。そういうふうに言うんでしたら、こっちにだって言い分はありますよ」と和平は千明に応戦のかまえ。千明の反応に、秀子は意外そうに訊ねる。

「千明さん、誰かいるんですか？」

「いや、いませんけど、いないからってね、そんな誰とでもいいってわけじゃないですから」

「千明さんにも選ぶ権利はある気がいたします」と万理子が助っ人に入る。

「だよね」

「あ、そうか」と秀子は思い出した。「和平さんにはあれですもんね、セフレ」

すぐさま典子が「セフレ⁉」と食いつく。「お兄ちゃん、セフレいるの？」

「いるわけないだろうが。ホント、勘弁していただけますか。今日から親戚なんですから」

和平が秀子におがむように言ったとき、「そうそう！」と千明が立ち上がった。

「私ね、ひとつ言い忘れてた。新郎新婦！　もうひとつ誓ってほしいことがあるんです」

千明はふたりの前に立つと、バッグから紙包みを取り出した。

「ではまずこれを。私からのプレゼント」と真平に渡す。「鎌倉プリンスホテルのスウィートルームの宿泊券です！」

驚くふたりに、千明はにっこりと微笑む。

「今夜、そこで素敵な夜を過ごすことを誓いますか？」

そういうことか……。ふたりは顔を見合わせ、照れたように頷く。

「……誓います」

拍手の嵐のなか、「それではここで、初めての共同作業といきましょう」と千明はウェディングケーキ入刀の準備を始める。

真平は知美の耳元でささやいた。

「子ども、いっぱいつくろうな」

「何言ってんの。もうバカ」と知美は真っ赤になる。

運ばれてきた新郎特製のウェディングケーキの上ではクマと金太郎の砂糖菓子が、幸せそうにキスをしている――。


結婚式から数日後、千明は典子に連れられて不動産会社の前にいた。客の応対をしている女性社員を指さし、「あの子よ」と典子がいまいましげに告げる。「なんかあれよね。可愛くないわけじゃないけど、あえてそこ行くか？　人生捨てるほどかって感じだよね」

「そうだね……ってか、何する気？」

「あ、出てきた。休憩かな」

典子は千明の手を引っ張り詩織のあとを追い、「あの」と話しかけた。簡単に事情を説明し、近くの喫茶店に詩織を誘う。

「やっぱり本気だったんですね。ごめんなさい」と詩織は典子に向かって頭を下げた。「私、水谷さんが家を買うつもりじゃないことはわかってたんですよ。でも、ちょっと楽しかったんですね、一緒にプランを考えるの。水谷さんに、あなたならどういう家に住みたいのって言われて、なんか理想の家みたいなのを考えてるの楽しくて。だから、水谷さんが買うつもりはなかったってあやまってくださったとき、買わなくてもいいから続けませんかってお願いしたんです」

「で？」

「そうしたら、本当に建てよう、ふたりの家をって……私、冗談かと思って笑ってしまって。だって私、もうすぐ結婚しますし」

典子はため息まじりに「バカな男」と吐き捨てる。「はぁ……何やってるのよ、もう……あんたもあんたよ。勘違いはね、させるほうにも問題あんのよ。会社もやめちゃってるんだからね、あのバカは。どうするのよ。責任とって、うちのと結婚しなさいよ」

「はぁ？　ありえないです」

「ありえないとは何よ！」

「ていうか、会社までやめちゃったの？」と千明は驚く。

「そうよ……どっかで死んでるのかな」

冗談っぽく言いながらも、典子が本気で心配しているのがわかって、千明は何も言えなくなる。


新たにできた市民プールの視察を終え、市長と和平はバスで役所に戻っていた。これも視察の一環だと市長が公用車ではなく市営バスを希望したのだ。和平の前の席に座った市長は、窓からずっと海を眺めている。

「本日もお疲れさまでした」と和平が声をかけると、顔を窓に向けたまま言った。

「いえ、残念ながら疲れることはありません。子どものころからそうでした。朝礼で倒れたりするような子に憧れていました。何もかも丈夫にできているようです。その結果、未亡人です……この季節の海を見ると切ない気持ちになりますね」

和平も海に目をやり、答える。「そうかもしれませんね」

「主人とはお見合い結婚でした……悪い人ではありませんでしたが、恋したことはありませんでした。ちゃんと恋愛したことがないんです。片想いしかしたことがない」

急になぜこんなことを言いだすのか、和平は市長の真意がわからない。

「人はいくつになったら恋をしなくなるのでしょうか」

「……いくつになっても恋はするもんだなんて言いますけど」

「残酷ですね」

海岸の駐車場にソフトクリームの移動販売車が停まっているのを見つけ、市長は言った。

「長倉さん、お願いがあります」

「なんですか?」

「アイスが食べたいです」

そう言って、市長は降車ボタンを押した。


秘書課の仕事を片づけて観光推進課に戻ると、黄色いアロハシャツというおよそ公務員らしからぬ格好をした田所が、声をひそめて和平に話しかけてきた。

「課長、大丈夫なんですか?　市長と」

「大丈夫って、何が?」

「いや、なんか噂になってますよ。市長と課長」

「噂?」

田所はパソコンで鎌倉市のホームページを開き、〝今日の市長〟のコーナーをクリックする。市長自身が書いているブログには、視察の帰りに秘書と寄り道したという短い文章と、おいしそうにソフトクリームを食べる市長の写真がアップされていた。

「なんかデートしてアイス食ったとか、それが市長のパワハラ&セクハラなんじゃないかって」

「誰が言ってんだ、そんなこと」

「誰がって噂ですから。みんな、課長を心配して言ってるんですよ」

「たしかに意味のわかんないことは多いんだよ。でも、セクハラとかパワハラとか市長はそんな人じゃないよ。全然ない。それより、お前、なんて格好してんだ」

「これはクールビズですよ」

「お前そのものが暑苦しいんだから、意味ないんだよ」

田所にツッコみながら、和平はブログの写真を見つめる。バスでの会話がふと頭をよぎった。


スタッフルームの脇にある小部屋は、今やすっかりベビーシッター部屋と化していた。赤ん坊をあやしながら、典子は広行の携帯に何度もかける。しかし電話はつながらない。今度は広行の親類にかけてみようと番号を探す。発信ボタンを押したとき、千明が入ってきた。

「あ、もしもし、ご無沙汰しております、典子です」

典子は手であやまると、赤ん坊を千明に預け、部屋の外へと出ていってしまった。

千明はぎこちない手つきで赤ん坊を抱きながら、「ごめんね。怖いかな」と話しかける。屈託のない純度一〇〇％の笑顔を向けられ、心がとろける。

「可愛いねぇ、本当に」

赤ん坊の小さな手を恐る恐る握ってみる。弱い力で握り返され、なんだか幸せを感じてしまう。そこに典子が戻ってきた。「ごめんごめん」と赤ん坊を引き取る。

「あ、うん。赤ちゃんって結構重たいね」

「うん。重いんだよ。あ、仕事中にごめんね」

「ううん……で、旦那は見つかった？」

「見つかってない」

「そっか……じゃあね」

部屋を出た千明は、まだ赤ん坊の感触の残る手をじっと見つめる。

私が選ばなかった人生か……。

そんなことを思ってしまう自分に、千明は苦笑するしかない。

極楽寺駅前にたこ焼きの屋台が出ていた。おいしそうなソースの匂いに誘われて、和平はついひとつ買ってしまう。たこ焼きをみやげに家に帰ると、薫子と蒼太が来ていた。なぜか薫子はエプロン姿で、まるで奥さんのように「お帰りなさい」と和平を迎える。

「え……」

「真平さんならお帰りになりました。新婚さんですもんね。ちょっと蒼太とカフェにお邪魔してたんです」

「あ、そうでしたか……」

「それでね、今日は私がこちらで晩ごはんを作ることになったんですよ」

「え……あ……ええ」

「四人で食べましょう、ね」とえりなと笑顔をかわし、薫子は和平に耳打ちする。

「大丈夫だよ、長倉。セフレの話は子どもたちにはしてないから」

「当たり前じゃないですか」と小声で答えると、和平は平静を装い、手にした袋をかかげた。

「私、駅でたこ焼き買っちゃったんですけど」

「あら、じゃ、これもいただきましょう」と受け取って、薫子はえりなと一緒に台所へと戻る。とり残された和平に、蒼太が「どうぞ」とイスを勧める。「男はここで座ってるみたいです」

「あ、そうなんだ……じゃ、失礼して」

台所から楽しそうなえりなと薫子の声が聞こえてくる。まるで母と娘のようなふたりの様子に和平もつい微笑んでしまう。

「いい感じですよね」

「そうだね」と思わず蒼太に頷き、和平はどういう意味だとハッとなる。

しばらくすると、「できましたよ」と薫子とえりながオムライスを運んできた。卵の上にはケチャップで猫が描かれている。

「可愛いですね、猫」と和平が言うと、「リスです」と薫子は平然と答える。ツッコむとヘンな感じになりそうなので、和平は深追いをやめ、えりなに目を移す。

「あれ？　えりな、そんなエプロン持ってたっけ？」

「蒼太ママにプレゼントしてもらったの」と色違いでおそろいのエプロンを広げて見せる。

「なんかすみません。男親はそういうとこ気づかなくて」

「いいえ。じゃあ、いただきましょう」

「いただきます」


広行の姿を捜し求め、典子が鎌倉の飲み屋街を歩き回っている。あらゆる知人、親類に当たってはみたが、広行の消息を知るものはいなかった。行くあてもなく、どこかで現実逃避の安酒をくらっているのだろうと典子は推測したのだ。

そのころ、広行はコンビニの前でぐったりと膝を抱えていた。安酒をくらう金もなく、体を動かす気力もなかった。

と、目の前に停めてあった自転車にコンビニから出てきた女がまたがった。後ろから見る肉感的な足とヒップに、ついつい広行の目が釘づけになる。次の瞬間、女が振り返った。期待とは裏腹に自分と同世代のおばさんである。広行は落胆の表情を隠さずに、息をつく。

明らかに自分の顔を見てがっかりしたよな、このオヤジ。

秀子はムッとして、声をかける。「ちょっと、今、明らかに後ろ姿で期待してたのに、振り返ったらばばあかよって顔しましたよね」

「そのとおりだけど？」

「え〜、そんなことないでしょ。よく見てくださいよ」と秀子は美脚をアピールする。

「悪いけど、今、腹が減りすぎてて。その前になんか食わしてくれる？」

「それって誘ってるって意味ですか？」

それでこの空腹が満たされるなら、ばばあでもなんでもいいや。自暴自棄の広行はこっくりと頷いた。

たこ焼きの袋を手に、千明はカフェ『ながくら』のドアを開けた。「こんばんは。駅前でたこ焼き売ってたから」

そう言いながら、かかげた手がピタッと止まる。

テーブルの上にトランプが並び、和平、薫子、えりな、蒼太が楽しげにそれを囲んでいる。目の前に繰り広げられているのは、まさに家族の食卓的な光景。中央にはたこ焼きの皿もある。

「あ、どうも。ごめんなさい、なんか」

ぎこちなく笑みを浮かべる千明に、和平が言った。

「もしよかったらどうですか？　ご一緒に」

薫子も「どうぞ」と微笑む。

「あ、いえいえ。お腹すいちゃって、たこ焼き買ったので、おすそ分けとか思ったんですけど、やっぱ、買っちゃいますよね。じゃ、家帰って、ビール飲もうっと」

逃げるように出ていく千明に、和平は複雑な表情になる。

千明は家の前でざわつく胸を押さえている。

なんだ、これ？

その場でたこ焼きの箱を開け、ひとつ口に放り込んだ。

「あっちぃ！」

第7話　歳を重ねてピュアになる

新作ドラマの一話と二話の脚本がついに完成した。ドラマ業界の常識では考えられないくらいギリギリの準備開始だったが、どうにかこれで通常の遅れ程度には巻き返した。スタッフ一同が喜び合うなか、一番の功労者であるハルカの姿がない。

「ん?……あ、そっか」

千明はすぐにベビーシッター部屋となっている一室へと向かった。

やはり、ハルカがいた。赤ん坊をあやしながら、お兄ちゃんの手を握っている。

今日は帰りが遅くなりそうなので、六歳になる上の子も典子が面倒をみていたのだ。

「ハルカ先生、お疲れさま。ありがとう。典子もお疲れ」

「うん。ケンちゃん、いい子だったよ。やさしい子だね」

「ありがとうございます」とハルカは母の笑顔で答える。「さ、帰ろうか。おうちに帰ったら、おいしいごはんにしようね」

「じゃあね、ケンちゃん」

眠い目をこすりながら、ケンちゃんは典子に頷く。

「お疲れさまでしたぁ。典子さん、ありがとうございました」

笑顔で手を振り、ハルカ母子は帰っていく。

「……なんか、カッコいいね、ハルカ先生」

「ね……あ、じゃ私も帰るね。どうせ、うぜえな、飯だけ作りに帰ってくるだけでいいんだよとか言われるんだろうけど」

典子の気持ちがわかって、「了解」と千明は微笑む。

ここ最近、自分の胸の内でくすぶっているモヤモヤの正体はやっぱ、これだよなあ……。

千明はひとり納得して、携帯を取り出した。

「いやぁ、あんたたち、今日空いててくれてよかったよ」

乾杯してすぐ、千明は大げさに啓子と祥子に感謝する。ふたりに男の影がちらついてからは、なかなか誘いづらかった。しかし、今夜だけはどうしてもふたりと飲みたかったのだ。

ふたりは顔を見合わせつつも、自分のことをわかってくれる友達とだけ飲みたい気分はあるよねと千明に同意する。そういうときのための、仲間なのだ。

ひと息つくと、千明は和平と薫子の家族団らん的な様子を目撃したことを話しだす。

「なんなんだろうね。私、逃げるように出てきちゃったんだよね」

「何？　嫉妬？」と啓子に聞かれ、千明は首を振る。

「そういうんじゃないんだよね。その光景はさ、私がもうどう頑張っても手に入れることのできないものなんだなって思っちゃったのかな。幸せそうな家族を見るとね、今までも心がちょっとざわっとすることはあったけど、私には違う人生と幸せがあるって思えたし、そっち側に行こうと思えばいつでも行けますっていう自信があったんだ。でも、なんか最近は、そっち側の線はもうないのかなって……いや、行きたいってわけじゃないんだけどさ」

　祥子は頷き、千明のグラスにワインをつぐ。

「あるよね、もう手に入らないものって」

　しみじみとつぶやく千明に、「でもさ」と祥子が反論する。「その分、こういう生き方してるからこそ手に入れたものだってあるわけじゃない」

「たとえば、何？」

「え？……そうだな」と考え込む祥子に代わって啓子が答える。

「お金？」

「……あぁ」

　今度は祥子が言った。「自由？」

「……あぁ」

「あ、自由になるお金？」

「金ばっかじゃん、啓子……ダメダメ、なんかあるはず。もっと、どうだ！っていうのがあるはずよ。このままじゃダメ、なんか思い出さないと！」

焦ったように頭をかきむしる千明を落ち着かせるように啓子が言う。「こういう時間と仲間っていうのはどう？　きれいにまとめてみました」

「なるほどね。お上手」と祥子が手を叩く。

「あぁ。ま、今日のところはそれでよしとするか。あとは各自宿題ってことで」

「え〜、この年になっても宿題やんの？」

祥子の大げさな嘆きぶりに、どんよりとした空気がいつもの楽しい感じへと戻る。

やっぱり、ふたりに会って正解だったなと思う千明だった。


知美の家で新婚生活を始めた真平は、毎朝早く、長倉家へと〝出勤〟してくる。カフェの仕込みだけならもっと遅い時間に来ればいいのだが、みんなの朝ごはんも今までどおりに作っているため相当な早起きになる。和平や万理子は申し訳なく思うが、長倉家の主婦が俺の仕事だからと真平は平気な顔で家事をこなす。

「忙しかったみたいだね、万理。あ、でも、山場は越えた感じ？」

起きてきた万理子の顔を見て、真平が声をかける。和平とえりなはすでに食卓についている。

「はい、そのとおりでございます」

「落ち着いたのか、少しは」と和平も訊ねる。

「落ち着いたと申しますか、大海原へ出航したという感じでございます」

「へぇ……あ、あのさ、万理。お隣さんは元気か？」

たこ焼きをみやげにこの家に来て以来、千明とは会えていない。夜遅くまで仕事をしているからか、朝食にもやってこない。和平は、あのときの千明の表情がずっと気になっていたのだ。

「ええ。いたってお元気ですが」

「ならよかった。なんか言ってなかったか？　たこ焼きのこととか」

「そういえば、ある晩の夕食はたこ焼き二皿とビール四缶だったとかで、翌朝さすがに胸焼けを覚えたが、新橋駅のホームで胃腸内服液をくいっと飲んだら軽く復活したというエピソードを語っておられましたが、それが何か」

「ただの豪快なオヤジだな」と和平は笑う。「いや、元気だったらいいんだ」

ふたりの会話が終わったのを見て、真平が和平に言った。

「薫子さん、ときどきバイトしてもらうことになったから。忙しいときだけね」

「あ……そうなんだ」

「ね、どうだった？　薫子さんのごはん、おいしかった？」

「え？　あぁ」

「おいしかった」とえりながうれしそうに答える。「一緒に作ったんだよ」

「へえ、よかったじゃん。えりなと薫子さん、お母さんと娘みたいだったもんな」

「そうかな」とえりなが照れたように微笑む。

そこに万理子が割り込んだ。「えりなは、どちらかというと吉野千明派だったのでは？」

「千明さんは大好きだし、お母さんになってくれたらなって思ってたけど、もうその線はないでしょ。千明さんのカッコよさってお母さんみたいなところじゃないと思うし」

「たしかにそうです。私にとっても、そのほうがありがたい。恋の勝ち目は基本的にないわけですが、お兄ちゃんに負けるのはどうも納得がいかないというか」

「まぁ煮え切らない兄貴が悪いんだけどね」

「何がだよ」

「そうそう。ちょっとは可能性あったと思うけど、タイミング逃したよね」

えりなの冷静な分析に、和平はぐうの音も出ない。そこに「おはよう！」と千明が入ってきた。

「なんの話かわからないですけど、ホントそのとおりですよねぇ」といきなり会話に乗っかる。

「なんでわかんないのに、そのとおりとか言えるんですか」

「あれでしょ？　どうせ、優柔不断だとか煮え切らないとか、そういう系でしょ？」

なんでわかるんだと和平は驚く。

「おおむね、正解でございます」

「やっぱりね」

「俺が何したっていうんだよ」

「何もしないから優柔不断とか言われてるんじゃないですかね」とまたも、えりなが冷静に返す。

「そのとおり」と千明は笑った。「あ、先日は大変失礼しました。いい感じのところにお邪魔してしまって」

「いやいや、べつにそういうんじゃないですし、全然……」

「何？　なんの話？」と真平が訊ねる。

「なんでもない」

「いや、例の癒し系美女とえりなちゃんと彼氏のイケメン君と四人でこう、家族みたいなすっごいいい雰囲気だったんですよ」

「へぇ、そうなんだ」

「そうなんだって、お前知ってるだろ。説明しろよ……まったく、朝から元気ですね」

「いけませんかぁ？」

「いいえ。結構なことでございます」

「お兄ちゃんは、先ほど、千明さんは元気なのかとやたらと気にかけていたようでした」

「え」と千明は和平をまじまじと見る。「それはあれですか、私のことを心配していたとか？」

執拗に千明に聞かれ、仕方なく和平は答える。「だからその……たこ焼きをね、せっかく私の分まで買ってきてくださったのに無駄にしてしまったんじゃないかなと思って」

「あ、たこ焼き」と千明は笑いだす。

「何がおかしいんですか？」

「たこ焼きくらい大丈夫ですよ。二皿三皿軽く食べちゃいます」

「ですよね。忘れてました。すみません」

相変わらずの和平の真面目さに、千明の心がホッとなごむ。

激務に加え、和平に対するパワハラ疑惑で最近の市長はなんだか元気がない。こんなふうに噂になったからには、秘書兼務を解くとさえ言いだした。これを固辞した和平は、市長を癒す方法はないかと思案する。

どうにかスケジュールを調整した数日後、和平は市長を連れ、近くの山へとハイキングに出かけた。照りつける陽射しにうっすらと汗を浮かべながらゆるやかな登山道を上っていく市長は、公務からの解放感もあり、楽しそうだ。和平はどうにか時間を作ることができてよかったと安堵する。が、見晴台に着いた途端、無理やり付き合わせた知美と田所に詰め寄られた。

「なんなんですか、課長」

「いや、市長がな、激務で煮詰まってるんだよ。だからちょっと気分転換させてあげようと」

「でも、なんで僕たちまで」

「俺が市長とふたりで来たりしたら、またつまんない噂になるだろ」

そういうことかとふたりは納得した。ここで市長と親しくなっておけば、観光推進課の予算を増やしてもらえるかもしれないと、よこしまな考えも浮かぶ。

見晴台の先端で景色を眺めていた市長が戻ってきて、和平に言った。

「ここから見る江の島の景色は絶景ですね」

「はい」

チャンスとばかりに知美と田所が会話に加わる。

「ここに案内板があるといいですよね。景色を見ながら、あぁ、あれが江の島か、その奥が富士山かみたいな、ね」

「そうだよね。そうすると、もっとこの場所にも人がね。あと、望遠鏡なんかもね」

「いいですねえ」と市長が頷く。食いついた！と知美がすり寄る。「でしたら……」

「ぜひ、予算内でお願いします。頑張って」

提案を一蹴されたふたりを見て、和平は苦笑する。その笑顔に、市長はドキッとなる。

「まずいわ」

「どうされました？　市長」

「長倉さん、この展開はまずい。籠の中の鳥であるヒロインをボディガードが仕事をキャンセルし、外へ連れ出す。つかの間の楽しさを味わうヒロイン……まずい、まずい」

「ちょっと言ってる意味がよくわかんないんですが」

市長の妄想的な発言に和平が首をひねったとき、「おう、くらちゃん」とお気楽な声。振り向くと、一条が若い女性を両脇にはべらせて、歩いてくる。最近は田所とも仲のいい一条は、「コロちゃんに新婚さんもいるのか」とふたりにも笑みを向ける。

「一条さん……こんなところでデートですか？」

「おう、まぁな……お前たち、もう帰っていいよ。また夜にな」と同伴の女性を放す。すかさず田所が彼女たちに寄っていく。

「夜にって、一条さんもお好きだなぁ。あ、紹介しますよ」

が、和平に紹介される前に、市長が声を上げた。

「一条パパ」

「おう、良子ちゃん」

「良子ちゃん？　一条パパ？……ていうか、一条さん一体何者なんですか？」

「何者って大物だよ、くらちゃん」

今度は市長が驚く。「ちょっと待ってください。くらちゃんって」

「あ、私です……けど」

「え？　去年お会いしたとき話してらした、エロ本キャバクラ仲間の？」

「そうそう。な？」と一条は和平に目配せする。

「いやいや違います違います。全然違います。一条さん、ホント勘弁していただけますか」

「あの、母と娘と同時にお見合いして、両方と付き合っていたという、あの？」

「いやいやいやいやいや」

「そうそう。なかなかやるんだよ、この男」

「ちなみにその娘のほうが私です」と知美までが余計なことを言いだす。

「いやいや、それ言わなくていいから。あ、彼女は私の部下なんですが、弟の嫁さんでして」

和平の発言に市長は目を見開いた。「そんな乱れたことに……」

「いやいや市長、そうじゃなくてですね」

「そうですか……気持ちが少し楽になりました」

「楽にならないでください。お願いですから……」

なんなんだこれ……。

この展開はデジャヴどころじゃない。こういうときは、さらに面倒なことになるんだ。

もう絶対に、そうなる！

和平がそう確信した瞬間、「あれ？」と聞き覚えのある声が……。

恐る恐る振り向くと、薫子が友達らしき人と歩いてくる。

「長倉さん」

和平だとわかり、笑顔で駆け寄ってきた。

「こんにちは」

「あ、えっと、どうされたんですか、今日は」

予想通りの展開に、和平はしどろもどろになる。

「この間、ここはとても素敵だって教えていただいたじゃないですか。本当は長倉さんに連れてきてもらおうと思ったんですけど、我慢できずにお友達と来ちゃいました」

「あぁ……ハハ……そうでしたか」

困惑する和平を、楽しそうに一条がつつく。「また新しいのかい？　やるねえ、くらちゃん」

市長の眼差《まなざ》しが怖くて、和平は顔を向けられない。

……おかしいだろ、これ。

スタッフルーム内の小部屋、通称ベビーシッター部屋で千明と典子とハルカがお昼を食べている。

「楽しいね、なんか、こういうの」

ケータリングの丼を手にした典子が千明に笑みを向ける。

「そう？」

「うん。ほら私、若くして結婚して、専業主婦だからね。パートとかは、いろいろやったけど……オフィスみたいなとこ、初めてだし。それにさ、なんか自分のしてることが、ほんのちょっとでもさ、役に立ってるならうれしいし」

「ちょっとじゃないですよ。ねえ、千明さん」

千明はハルカに強く頷く。「ていうか言ってることがまともすぎて心配になるんだけど」

「何よ、それ」

「でも、あれですね。典子さん、上手ですね。ベビーシッター」

「そう？　ありがと」

「そうなの？　上手なの？」

「はい。なんか安心できるっていうか。やっぱり、この子の様子とか雰囲気でわかります」

「なんかうれしい。仕事してほめられたのなんて初めて」と典子は照れたように微笑む。

「私の仲間とか、あ、女優さんなんかも、いいベビーシッター探してる人多いですよ」

「あぁ、そうだよね。今みんな、子ども産んでもすぐに復帰するもんね」

「そうなんですよ。でも、なかなかいないんですよ、信頼できるベビーシッターさん。やればいいじゃないですか、典子さん。結構いいお金になりますよ」

「そうなの？」と典子が身を乗り出す。「考えようかな。子ども好きだし、私も生活していかなきゃいけないしね」

「あ、でも、そのときは私、優先でお願いしますね」

「了解」

「ちょっと、あんた本当に大丈夫？　なんかいい人になってない？　ていうのはつまり、弱ってるんじゃないかってことなんだけど」

「そう？」

「いや、大丈夫ならいいんだけどさ」と千明は典子を心配そうに見つめる。

　役所に戻った和平が溜まったその日の仕事をすべて片づけたときには、観光推進課には知美以外誰もいなくなっていた。疲れたため息を吐き出した和平に、知美が声をかける。

「大丈夫ですか？　課長」

「あぁ、うん。ありがと。なんか、かなり疲れた」と和平は苦笑してみせる。

「すみませんでした。なんかややこしくしてしまって」

「君のせいじゃないよ。ていうかさ、なんで俺の人生はああいうことが多いんだろうな」

「いい人だからじゃないですか？」

「全然うれしくない……」

「本当に大丈夫ですか？　お義兄《にい》さん」

初めてそんなふうに呼ばれて、和平の表情がふっとゆるむ。

「どう？　うまくいってる？　そっちは」

「はい。三人で楽しくやってます」

「そう、よかった。お母さんはお元気？　ま、元気だとは思うんだけど」

「はい、ますます元気で」と知美は苦笑する。「なんか彼氏とかではないみたいなんですけど、最近、男の友達っていうんですかね、できたみたいで」

「はぁ……元気だねぇ」

まさかその男友達が広行だとは、知るよしもない和平である。

和平が帰宅するとエプロン姿の薫子がいた。団体客が重なり、真平が助っ人に呼んだのだ。真平は洗い物をすませると、そそくさと家に帰ってしまった。薫子とふたりきりになり、ちょっと気まずい和平は、「駅まで送りますよ」と申し出た。

「そういえば、どうなりました?」

家を出て少し経ったころ、薫子が不意に訊ねた。

「何がですか?」

「セフレの件ですけど」

和平は少し困った顔になり、やがて意を決したように、言った。

「あの、原田さん……やめませんか、それ。きっと、わかってらっしゃるんですよね。私がそういうタイプの男じゃないこと。それをわかってて、あなたはわざと言ってる。違います?」

薫子は意地を張ったように口を固く結ぶ。

「あなたも本当は、その……セフレなんてほしいわけじゃない。そう思うんです……ですから、やめませんか?　いいじゃないですか、今のままの関係で楽しいじゃないですか。恋愛にならない友達で」

「そうですよね。私もそう思います」

「だったら」

「だからイヤなんです」と薫子は断固とした口調で言った。「楽しくて、それだけだと好きになってしまいそうなんです。イヤです。私、恋愛はしたくないんです。そのためにはセフレも辞さない覚悟なんです。友達はね、恋愛に発展してしまうことがよくあるらしいけど、セフレから恋愛にっていうケースはあまりないらしいんですよ。お願いします。長倉さんとは、ずっといいお友達でいたいんです」

いつになく強く訴える薫子に、和平は言い返すことができなくなる。と、薫子が前方に目線を移した。見ると、幼い男の子と女の子が道端にしゃがみ込み、何かを探している。薫子は子どもたちの隣にしゃがむと、「四つ葉のクローバー?」と声をかけた。頷く子どもたちに、「見つかるといいね。頑張って」と微笑んで、立ち上がる。

「私も子どものころから四つ葉のクローバー探すの好きで、もう夢中になっちゃって公園で朝から夜までずっと探してて、親に怒られたりしてたんですよ」

「で、見つかったんですか?」

「一度も」と薫子は首を振る。「そういうところも、とろいんですかねぇ」

寂しげな笑みを浮かべる薫子を見て、この人は今も探しているのかもしれないと和平は思う。結婚に失敗して、損なってしまった部分を埋める何かを……。

しかし、それを恋愛で埋めることだけはしたくないのだ。今度失敗して、傷ついてしまったらもう立ち直れないと思い込んでいる。それが、ただただ怖いのだろう。

「ということで、頼む、長倉」

「……あ、いや」

「頼む、な！」

「……」

極楽寺駅で薫子を見送ると、入れ違うように典子が改札を出てきた。なんだか疲れた様子で、和平は心配になる。一緒に帰りながらそう訊ねると、「千明にも言われた」と典子は答える。

「でも仕事は楽しいよ。ほめられちゃったし、今日」

「そっか……そりゃよかった」

「千明のおかげだ」

「そうだな」と頷き、和平は話題を変えた。「典子、広行さんのことだけどな」

「その話は今はいいや」

力ない声に、和平は「うん」と言葉をのみ込んだ。

結婚か……。

自分は素晴らしい妻に恵まれたが、先立たれてしまった。薫子のように最初からうまくいかなかった人もいれば、典子のように平穏な関係が突如壊れかけてしまうこともある。

夫婦といえど、しょせん他人なのだろうか……。

幸せな結婚生活を送っていた和平には、そこがよくわからなかった。

翌日は休日だったので、いつものドタバタと忙しい朝食ではなく、食卓にはのどかな時間が流れていた。最近の秀子のはしゃいだ様子を真平が面白おかしく語ったあと、和平が典子に話を振った。「本当にいいのか？　心配なんだろ、広行さんのことが」

「私は自分の心配をしてるの。どこかで死んでいた場合とか、このままずっと行方不明だった場合にどういう保険の手続きをしたらいいのかとか、そういう心配をしてるのよ」

「お前ねえ」と和平はため息をつく。「その前にする心配があるだろう。捜しもしないでだな」

「捜したんですよ」と千明が話に割って入った。

「え？」

「捜したんです。心当たりは、ね？」

「まぁね」と典子が答える。

「……そうなのかよ。いないのか、どこにも」

「やっぱ死んでるのかな」

「少なくとも真ちゃんの結婚式前日までは生存確認できているわけで」と万理子が冷静に言う。

「あぁ、まぁそうか」

典子は自嘲気味に笑い、「私、思うんだけど」と話しはじめる。「夫婦なんてね、しょせん他人なのよ、他人。ざっくり言うと子孫っていうか子どもを残すためにあるみたいなところあるじゃない。ま、子どものいない夫婦もいるし、できない夫婦もいるからあれだけど、子どもが自立したら別れたほうがいいと思うのよ。他人にさ、戻るべきなのよ」

極論に、「なんだお前それ」と和平はあきれる。

「こないださ、動物系の感動番組で言ってたんだけど、人間って生き物はさ、子孫を残してから長生きしすぎなのよ。ほかの動物は、孫の顔なんて見ないで死んでいくのよ。そうじゃないのは人間だけ。だから、夫婦も時間をもてあましちゃうわけよ。だって、することないんだもん。だから、子づくりが終わった夫婦は、そこで別れればいいと、私は思うのよ」

ため息をつき、典子は続ける。

「もういいかなって思ったんだ。そんなに出ていきたいってさ、よっぽどでしょう？　もういいやって感じなんだよね、本当に」

　切ないまでの典子の本音に、食卓は重い沈黙に包まれる。沈黙を破ったのは、和平だった。

「典子」

「説教ならいらないよ」

「違うよ……違う。お前が本当に別れたいと思うなら、そうしろよ」

「え？」

　典子をはじめ、みんなが意外そうに和平を見る。

「なんだよ、みんなして。俺だって、そんなガチガチに保守的なわけじゃない。一番大切なのは典子が幸せかどうかなんだから、夫婦なんだから何がなんでも別れるななんて言わないよ。いいじゃないか、別れたってちゃんと生きていけるよ。吉野さんみたいにひとりでカッコよく生きてる人だっているんだ。今からだって遅くない。翔とここに戻ってきたっていいし。ここはお前の家なんだから、みんな、そばにいるし」

「……うん」

　そのとき、「いいですか」と千明が口を開いた。「なんか私のほうこそ意外って思われるかもしれないけど……別れないほうがいいと思う。せっかくさ、持ってるのになくすことないじゃない。夫婦とか家族とか、ひとり者の私にはわからないところあるけど……誰かのために泣いたり笑ったり怒ったりできるってさ、すごい素敵なことじゃない？　うらやましいよ、そういうの。ひとりで生きるのって、自由だけど案外寂しいんだよ」

「千明……ありがと。ふたりとも」

「ゆっくり、ちゃんと考えろ、な」

「うん」と頷いたあと、典子はしみじみと言った。「しかし、男ってのはホントどうしようもないね」

「だね」と真っ先に同意したのは、えりなだった。

「本当にもうって感じだよね」とすかさず千明が同意する。

女性陣の視線がすべて自分に集まっていることに気づき、和平は不満げに言った。

「なんでみんな、こっち見て言うんですか」

「だって、ねえ」と千明、典子、えりなの三人が声を合わせる。

「ちょっと納得できませんよ。この場に男は私だけじゃない。真平だっているじゃないですか」

「真平は、ねえ」と千明が言うと、今度は真平本人も加わり、「ねえ」と声を合わせる。

「ねえの意味がわかんない。全然わかんない。何が違うんですか、私と真平と。同じ男じゃないですか。こんなふうに髪の毛伸ばして、ヒゲとかはやせばいいんですか」

「やめてやめて、想像したくない」と千明が噴き出す。

「でも兄貴、一回ロン毛にしたことあるじゃん」

「え〜、マジで？」

「げっ」とえりなが嫌悪の表情で父を見る。和平がムッとして、言った。

「いけませんか？　私だってね、湘南ボーイですよ。サーフィンだってやりましたよ」

「でもね、でもね、ロン毛はいいんだけどさ、服がさ、兄貴、ピシッとしてるのが好きだから、なんか得体の知れないヘンな人みたいになっちゃって。今でいうオタク系？」

「そうそう」と典子も思い出し、笑った。「うちに親戚のおばさんが来てさ、お兄ちゃん見て、泣きだしちゃって。あははは」

「何がおかしいんだよ」と言いながらも、典子にようやく笑みが戻って和平はホッとする。

「なんでなんで？」

「おそらく、おばさんは金銭的に苦労をしていて床屋に行けないのだと思ったのでしょう。かわいそうにと号泣いたしまして」と万理子が千明に答える。千明はもう涙目だ。

「で？」

「私の手を強く握ってですね、五千円渡されました。床屋に行きなさいって」

「いいおばさんね」

「そのおばさんはね、そういう人なんですよ。昔、つぎはぎジーンズっていうのがありましたでしょ。あれをね、ちょっとはいたことがあるわけですよ、私も」

すでに声にならない笑いの千明に、「まだ笑うとこまで行ってないですよ」と和平。「それを見て、お金がなくて、はけなくなったものを縫い合わせて作ってると思ったんでしょうね。泣きながら強く手を握られて、五千円渡され……ズボン買いなさい」

「よっぽど見すぼらしく見えたんでしょうね」

と、突然、典子がけたたましく笑いはじめた。

「なんだよ、お前」

「いや、思い出しちゃってさ。私がさ、家の財布を落としちゃったことがあったじゃない。それで本当にごはん食べるお金もなくなっちゃってさ」

和平と真平と万理子も思い出し、なつかしそうに顔を見合わせる。

「で、どうしようとか言ってたら、おばさんから電話があって、今から来るっていうからさ、急いでみんな、ぼろっぼろの格好にして、髪の毛もぼっさぼさにしてさ」

「え〜、それでそれで？」とえりなが食いつく。

「最初にさ、私が出迎えたのよ。そしたら、おばさん泣きながら私の手を握って、お財布を開けようとしたわけ。そしたら奥から続々と」

「おばさん、財布開けたまま固まっちゃって」

「あのときの顔は忘れられません」と万理子が顔マネをしてみせる。それにみんながまた爆笑。

「で？」と先をうながす千明に和平が答える。

「五千円くれましたよ」

「可愛いね。人数増えても五千円なんだ」

「ええ……みんなで、さぁこれで何食べようかってなったんですけど……なんかだんだん罪悪感にさいなまれて、みんなしょんぼりしちゃって。な？」

「そうそう。みんなで泣きながらあやまりに行って、お金返したんだよね」

「はい」と万理子が典子に頷く。「そして、おばさんのお家でカレーライスをごちそうになりました。とてもおいしかったです」

「うん、うまかった」

「そうだったな」

「へえ」とえりなが微笑む。千明も笑顔で言った。「なんだそのいい話は。サザエさんか、ちびまる子ちゃんか、あんたらは。なんで日曜の夕方感出してんだよ。まだ午前中だって」

うまいツッコミに、みんなが笑う。


食事を終えた千明がテラスでコーヒーを飲んでいる。と、和平がやってきて、隣に座った。

「お騒がせしてすみません。典子のこと、これからもよろしくお願いします」

「いえいえ。典子はもうマブダチなんで」

千明はコーヒーカップを置くと、「サザエさんかぁ……」とつぶやいた。「私、おばあちゃんになったとき、どんな感じで日曜の夕方、サザエさんとか見てるんだろう……笑ってますかね。笑ってるといいんだけどな……ていうか、やってますかね、サザエさん。やっててほしいなぁ」

「……あなたは、笑って見てますよ」

いつになくやさしい口調に、千明は「え？」と和平を見る。そこに真平がやってきた。

「兄貴、準備できたよ」

「ＯＫ」と和平は立ち上がる。

「なんすか？」

「今日はこれからたこ焼きパーティーやろうと思って。こないだ、あなたにたこ焼きで申し訳ないことをしてしまったので、たこ焼き返しです。食べていってください」

「はい」

「行きましょう」

千明が立ち上がると、携帯が鳴った。和平に目であやまり、隅へと移動する。

「んだよ、こんな時間にアホ部長……」

千明は文句を言いながら電話に出る。意外な内容に、声が少し大きくなった。

「え……万理子ですか……？」

第8話　大人はみんな問題児。

　そわそわと落ち着かない様子の万理子に、飯田が「どうしたの？」と訊ねる。スタッフルームには打ち合わせに訪れていたハルカの姿もある。

「今、千明さんがアホ部長様のところへいらっしゃってるのですが、なんでも私に関するお話も含んでいるようでして、その内容と結果が気になって仕方がないという図でございます」

「アホ部長って、どの？」

　ハルカの問いに、この会社にはそんなに多くのアホ部長が存在するのかと万理子は驚く。三井が耳打ちすると、「はいはい、あのアホ部長か」とハルカは納得。そこに千明が戻ってきた。

「千明さん、私、本日付けで解雇でございましょうか？」恐る恐る万理子が訊ねる。

「は？　なんで？」

「いえ、なにぶん非正規雇用なものですから、業績不振・経費削減の折にはこのなかで真っ先に切られるのは私なわけでして、まさに今の日本が抱える労働問題の縮図と申しますか、ようやく働きに喜びを見いだしたころにですね……」

「そんなこと考えてたの？　言ったでしょ、あんたがやめたいというまでクビにはしないって」

「では、解雇通知ではないわけで？」

「違うよ」

千明の言葉に、万理子は心の底から安堵する。だったら、自分に関する話とはなんなのだろう。そう訊ねると、千明はほかにも話すことがあるからとみんなを集合させた。

「まずひとつ目のお知らせ。大変だけど、うれしいお知らせです。ハルカ先生に頑張ってもらって、ようやく二話まで完成した今になって、初回が二時間スペシャルになりましたぁ」

「お、おぅ、そうですかぁ」と武田が微妙な合いの手を打つ。

「ね、リアクションに困るよね。どかんと派手に始まるわけだし、期待されてるってことなんだろうけど、もう脚本も作っちゃったのに今からかよっていうね。撮影も時間かかるわけだしさ、大変は大変だよね。しかも、アホ部長のそうしてやったぞみたいな言い方がマジでムカついたんだけど、でも、ありがとうございますと答えておきました」

「いいじゃないですか。大丈夫ですよ、はい」

「おぉ、さすがニュー・ハルカ先生」

「だって一話のギャラが倍になりますし、ラッキーですよ。ね、万理子ちゃん、頑張ろう」

「はい。私は二時間スペシャルだろうが二十四時間スペシャルだろうがどんと来いです」

「二十四時間スペシャルって」と千明は笑う。「とにかく頑張ろうね」

「はい」と一同は声をそろえた。

「それからもうひとつ、これは素敵でうれしいお知らせ。なんでも我がＪＭＴテレビが社運をかけて作る映画があるそうで、その脚本家に長倉万理子が抜擢されることになりました！」

みんなが歓声を上げるなか、万理子は思考停止状態に陥る。

「その映画の原作、ほら、万理子先生脚本でみんなが進めてたドラマと同じ先生なんだって。で、万理子先生にぜひってご指名だそうです」

「スゴいね、万理子ちゃん。ライバルかも、嫉妬しちゃう」とハルカが賛辞を贈る。

千明はよくやったとばかりに万理子をハグした。

「私も鼻が高いよ、頑張れ！」

「は……」

千明の腕のなかで、万理子は固まっている。

「あとでアホ部長のとこに来てくれって。私は行けないけど、万理子はもう大丈夫。自信持って」

「あ……ええ、はい……ありがとうございます」

万理子は混乱したまま、ぎこちない笑顔を千明に向ける。


市営バスで和平は指定された展望台へと向かっていた。和平と市長は最後尾の座席に少し離れて座っている。自分をめぐる説明しがたいカオスな女性関係を、市長がどう思っているのかは気になるところだったが、特に態度に変わりはなかった。時折、何かを思うように、首をかしげる以外は……。

窓の外を何げなく眺めていた和平は、海辺のホットドッグ屋の前に広行の姿を見てハッとした。しかも、女性と一緒のようで、帽子で顔が隠れているが、その女性にも見覚えがある気がするのだ。和平は窓に顔をくっつけ確認しようとするが、すぐにバスは通過してしまう。遠ざかるふたりの姿を目で追いながら、「誰だっけな、あの人……」と和平は考える。

展望台に着くと、市の広報誌の記者を連れた田所と知美が待っていた。市長はさっそく作業着に着替え、展望台のゴミ拾いを始める。その姿を記者がカメラに収めていく。

和平はみんなから離れると、携帯を取り出し、典子にかけた。広行を目撃したことを報告するが、反応は素っ気ないものだった。

「あ、そう。ありがとう。ま、生きててよかった。でも私、今、仕事忙しくて。うん、だから、いいや、捜しに行くとかは。でも、ありがとう」

ハルカの紹介で、現在JMT内のスタジオでドラマを撮影している女優の子どもも預かることになり、典子は本当に忙しかったのだ。

ひととおり取材と撮影を終えると、記者は帰っていった。その間、わずか十分程度。きれいになったのは半径十メートルといったところか。

「こういうの、なんだかなぁ」

「そうですよね。なんかね」

田所と知美が納得できないように、まだゴミの散らばる展望台に目をやる。

「ま、そう言うな。こっちだって同じ気持ちなんだよ」

和平はふたりを諭すと、市長を振り返った。「そろそろ移動のお時間です」

「イヤです」

「は?」

「ですよね。こんなやらせみたいなアピール」と田所が言う。

「そういう意味ではありません。気持ちが悪いのです。私も主婦を長年やってますので、掃除を途中でやめることが何より嫌いなんです。やるなら、もっとちゃんとやりたいんです!」

「……はぁ」と和平は脱力してしまう。でも、市長のこういうところは嫌いではない。和平はスーツの上着を脱ぐと、知美と田所に言った。

「よし、みんなでやっちゃおう! きれいにしよう!」

「はい!」

しゃがんでペットボトルを拾う和平を見つめる市長の顔に、ふっと笑みが浮かんだ。

海沿いのベンチに広行と秀子が並んで座っている。食べ終えたホットドッグの紙包みを丸めながら、「ごちそうさん。悪いな、何度も」と広行がぶっきらぼうに礼を言う。

「いいんです。私は納得してもらいたいだけなんですよ。後ろ姿の女だけでは終われない。前もいい女だと認めてもらわないと次に進めないじゃないですか」

「面倒くさいばばあだな」

「何を言ってるんですか。私は鎌倉界隈ではですね、奇跡の五十五歳と呼ばれてるんですよ」

「奇跡の五十五歳より、普通の二十五歳がいいの」と広行は正論を吐く。「自分たちだってそうだろ。若く見える五十五歳のおっさんより、普通に若い二十五歳のイケメンのほうがいいだろ」

「……たしかに」と秀子は納得してしまう。「じゃあ無駄？　奇跡は無駄なの？」

「そんなことはない……最初から思ってたよ。あんたはなかなかいい女だよ」

「え？」

「だって、認めたら、メシおごってくれなくなるだろ」

「あら」

「自信持って、生きていきなさい。ありがとう……もう会うこともないだろう。そろそろ旅立ちのときだ。新たなる荒野へ」

「そうですか、ありがとうございます。お元気で……ところで、あなた誰なんですか？」

「荒野を愛する旅人さ」

別れの手を振る広行に合わせ、秀子はヒロインじみた切ない表情を浮かべると、振り切るようにきびすを返し、その場を去っていく。

広行はさすらいの旅人気分にひたりながら、そっと目を閉じるのだった。

ゴミ拾いを終えた和平たちは、遅い昼食をとることにした。買い出しに行った知美が、みんなにお茶を配っていく。市長が袋を探りながら訊ねた。

「長倉さんは、おにぎりは海苔がパリパリしてるのとしっとりしてるの、どっちがお好きですか」

和平はどういう意味があるのか警戒しながら答える。「……しっとりです」

「私もです」とため息まじりに言うと、市長は手にしていたしっとりおにぎりを和平に渡す。

「あ、どうも」

ふたりは並んでしっとりおにぎりを食べる。

「長倉さん……上限はいくつですか？」

「は？」

「自由な恋愛、素晴らしいと思います。そしてその主義を尊重したいと思っています」

「いや、そんな主義は……」

「対象が幅広いようですが、年齢の上限はいくつまでですか？　ちなみに私は五十七です」

「いや、上限だなんてそんな、なんか……」

「上限なしですか？」

「いやいや、そうではなくてですね。市長、いろいろ誤解なさっているようですが、とにかく誤解です。全部説明していると長くなるのであれですが、とにかく全部誤解です」

「なぜ、そんなに必死になって誤解であると主張するのですか？」

「いや、まぁ、ただ事実と違うわけで」

「なるほど！　そうか！」

「いや、何がなるほどなのか、わからないですけど、多分間違ってると思います」

「恋愛映画において誤解はつきもの。ヒロインが男に心を許した途端、女の影がちらつく。そしてヒロインは傷つき、離れていこうとする。だがそれは誤解。男性の妹だったり友達だったりする……そして、誤解が解けたとき……これはまずい……もうすぐハッピーエンドではないか」

「あの、おっしゃってることがよくわからないというか、その」

「人の気持ちというのは、わかりにくいものなのです」

「はぁ……。ええ、それは……ええ」

「恋をすると特に」

「ええ……え？」

思わず市長を見ると、顔を真っ赤にして口を押さえている。

見てはいけないものを見てしまった気がして、和平はすぐに視線をそらせた。

部長との話を終えた万理子が、なかば放心状態で廊下を歩いている。が、スタッフルームの前で立ち止まると、まるで電池が切れたように動かなくなった。

「……」

表に出て最後の客を見送った薫子が店に戻ると、真平が脱力したように座っている。「お疲れさまです」と声をかけても、反応しない真平に、薫子は怪訝な顔になる。「大丈夫ですか?」

「あ、いや、すいません」といつもの天使スマイルを見せる真平に、薫子は言った。

「無理しちゃダメですよ。私、絶対無理しないんですよ。そのほうが体にいいですよ」

「了解です。あ、時間ですよね。今日はすみません、無理言っちゃって」

「いいえ。お役に立てたならいいんですけど」と薫子は恐縮しながら答える。立て続けに客が来て、テンパった結果、皿を何枚か割ってしまったのだ。

「何言ってんですか、またお願いします。助けてください」

「ありがとうございます。じゃ、お先に失礼します。あ、ホントお体気をつけてくださいね」

「ありがとう。お疲れさまでした」

薫子が去ると、真平は自分の胸に手を当て、首をかしげる。やがて、不安そうに財布から一枚のメモを取り出すと、それを開いた。子どもの字で〝死の前に来ること〟と書いてある。脳腫瘍の前兆の可能性がある症状をメモしたものだった。

目のかすみ、吐き気……。

心当たりのある症状に、真平はそれ以上読めなくなる。すぐにメモをしまうと、吹っ切るように店の片づけを始めた。


浜にあがっている小舟のなかで寝ている広行の顔に影が差す。その顔に猫じゃらしのようなものが近づいていく。穂がちょんちょんと鼻をつつき、首筋をくすぐる。

「ごめん、そんなに何度も無理だって、ハハ」

楽しい夢から、広行はゆっくりと目を覚ます。憤怒の表情の鬼が自分を覗き込んでいる。

「……！！！」

恐怖で広行の意識は一瞬で覚醒した。仁王立ちでにらんでいるのは、典子だ。

ガバッと起き上がった広行はすぐさま逃亡を図るが、魚の網をかけられ、簡単に捕獲されてしまった。

典子の冷たい視線を浴びながら、どこか安堵する広行だった。


突然強く抱きしめられ、知美は戸惑った。仕事が終わったのが、ちょうどカフェ『ながくら』の閉店時間だったため、真平と一緒に帰ろうと寄ったのだ。

「ちょっと何？　どうしたの？」

「いや、なんか急に抱きしめたくなった」体を離し、真平が言う。

「またもう、天使的。普通の人はそういうこと言わないんだからね」

そう言いつつも、知美はまんざらでもない。

「そうなの？　つまんないね。もっと言えばいいのにね。思ったらさ、好きだとか、愛してるとか、可愛いよとかさ。イヤじゃないんだろ？」

「イヤじゃないんだけどさ」

「じゃあ、いいじゃん」とふたたび知美を抱きしめる。

そのとき、「ただいま」と和平が帰ってきた。ふたりの熱い抱擁にギョッとする。

知美はあわてて体を離すが、真平は余裕で和平に笑顔を向ける。「お帰り、兄貴」

「お、おぅ、ただいま……あぁ、びっくりした。なんだよ、お前ら」

「へへ、ごめんね。あまりにも仲がよくて」

「それは結構なことでございます」

「ありがとうございます。じゃ、帰ろうか、金太郎」

去り際に振り返った真平の顔に、ふと寂しげな笑みが浮かぶ。

「どうした？」

「ううん。行くぞ、金太郎。早くしないと家までお姫様抱っこだぞ」

「どういう脅しなのよ、それ。バカ」

体をくっつけて仲よく帰っていくふたりを、和平は苦笑しながら見送った。

しばらくしてえりなが帰宅し、いつものように早々と部屋に引っ込む。続けざまに、今度はどかんと激しい音を立てて、ドアが開かれた。イヤな予感に振り向くと、典子が広行の襟首をつかんで入ってきた。

「お兄ちゃん、ちょっと捕まえといて。千明見てくるから」

そう言って広行を和平に押しつけると、典子は出ていってしまう。

「おい!?」

情けない笑みを向ける広行に、和平はうんざりする。

仕事帰りを強襲された千明は、典子に無理やり長倉家へと連れてこられた。「お疲れのところを本当に申し訳ありません」と和平は恐縮する。千明はすでにあきらめの境地で、とことん付き合ってやろうと逆に面白がっている。千明はテーブルの隅で小さくなっている広行に訊ねた。

「何がそんなにあなたを駆り立てるんですか？」

「なんなんでしょうね。自分でもよくわかりません。青年よ荒野を目指せって感じですかね」

「へえ……」と言いつつも、千明にはまったく理解できない。同意が得られそうにないのを感じ、広行は和平に救いを求める。

「わかるだろ？　和平君も」

しかし、和平はあっさりと「わかりませんよ」と否定した。「大体、青年じゃないでしょ、あなたは。青年はね、いいんですよ、荒野を目指してもね。荒野がなんだかはよくわからないけど青年はね、行ってもそこで生き抜く力があるし、帰ってくる力もある」

「たしかに」と千明が頷いた。「中年は荒野を目指しちゃダメですよね。行き倒れになっちゃいますからね。だから、青年よ荒野を目指せなんですよね」

「それでも目指したいじゃないか」と広行はゆずらない。

和平はため息をつきつつ、言った。「まあ、ある意味うらやましいですよ」

千明が意外そうに和平を見る。「何がですか?」

「広行さんみたいな人ですよ。そうやって死ぬまでないものねだりできる人」

遠回りの悪口かと広行は複雑な表情になる。

「広行さんは、べつに典子のことがイヤなわけじゃないと思うんですよ。ただ、今あるものから逃げたい。違うところに行きたい。そして、逃げた先には、探していた何かがあるかもしれないと思っている……もがいてるってことじゃないですか、広行さんなりに。だったら、思い切ってそうやって生きてみたらいいと思うんですよね」

和平は諦念の笑みを浮かべ、続ける。「誰にだってあるかもしれません。そういう自由への憧れみたいなもの。そんなに抑えきれないんだったら、そうすべきなんじゃないですかね。今みたいに中途半端な状態じゃなくて、ちゃんと離婚して、ひとりになって自由に生きればいいじゃないですか」

「ちょっと待ってくださいよ」と千明が声をとがらせる。「冗談じゃないですよ」

「何がですか?」

「そういうの嫌いなんですよね、私。もちろん、人は自由に生きたっていいんですよ。でもね、だったら結婚とかしなきゃいいじゃないですか。結婚して家庭を持たなければいいじゃんって……そうすれば自由ですよ。何したっていいですよ。ただ、自由には自由の寂しさやつらさってもんがあってね、それと引き換えなんですよ。両方いいとこどりは卑怯です」

「いやいや、ちょっと待ってくださいよ、私はね」

和平の反論を制し、千明は続ける。「典子は、結婚したときに大きな選択をしてますよね。妻として、母として生きるって。その選択をさせといて、この年になって放り出すんですか？　それはありえない。自由ってのはね、人を犠牲にして手に入れるもんじゃないですよ。自分を犠牲にして手に入れるもんなんだよ……だから私は認めない。どんなに日常がつまらなかろうがね、毎日ちゃんと自分の家に帰れって話ですよ。ホント自分勝手ですよね、男って」

「なんで私の顔見て言ってるんですか」と和平はムッとする。

「おっしゃるとおりだと思いますよ。でもね、こんなに何度も繰り返すんだから、もう仕方ないいんじゃないかって話をしてるんですよ」

「そういうとき、男同士ってかばい合いますよね。男は男に甘い。同じ男として気持ちはわかるとか言っちゃってさ。冗談じゃない」

「ちょっと待ってください。そんなこと言ってませんよね、私は。私とこの人は違いますよ、全然。立場も違うし、考え方も違うし、年だって違う。ていうか、なんで私たちが言い争ってるんですか？」

「……あ、そうか」と千明は我に返った。

するとそこで広行が「はい！」と手をあげた。

「……どうぞ」

「和平君、ありがとう……でもね、本音を言うと、そろそろちょっと帰ろうかなって思ってたんだよね。疲れちゃって」

「はい？」

続いて典子が手をあげた。広行同様、千明に感謝を告げ、そして言った。

「でもさ、私、この人のこと嫌いになれないんだよね。こんなじじぃだけど嫌いじゃない」

「へ？」

「でさ、こういうのどうかな？　多分この人の理想は、私のところ、つまり自分の居場所があって、そこからときどき逃げて、夢を見たいっていう程度のことだと思うのね」

「そうそう、そういう感じ」と広行が我が意を得たりとばかりに強く頷く。

「でしょ？　私もさ、ずっといられたらいられたで腹立つし。だから、ときどき出ていくのを認める夫婦っていうのがさ、一番いいんじゃないかと思うんだよね、お互いのために」

「そうだな。それが一番いいな」

「だから、有料にしようと思うわけ。一回荒野を目指すたびに十万払ってもらう。そうすれば私も納得できるし。ま、好き勝手する詫び料みたいなもん？　どう？」

「それがいいかもしれないい。俺も心置きなく荒野を目指せるし」

「よし。じゃ、一荒野十万ってことで」

「ＯＫ！　あ、でも分割で！」

笑い合うふたりを、千明と和平が異星人を見るように見つめる。

「……なんだそれ」

「ふざけんな。お前らいいかげんにしろ、何が一荒野だ」

「そうだよ。ホント勝手して、巻き込んで……」

しかし、仲よさげな夫婦に戻っているふたりに、これ以上口出ししても徒労に終わるだけだということは、経験からよくわかっている。千明と和平は深い深いため息をついた。

そのとき勢いよく、玄関の扉が開いた。スーパーの袋を抱えた真平と知美が入ってくる。

「ただいま！」と屈託なくふたりに挨拶する広行をにらみ、和平が「どうした？」と訊ねる。

「真平さん、なんか急に長倉家でごはん食べたい、戻ってもいいか？って」

「……真平、お前、どうかしたか？」

「ううん。なんかみんなの顔が見たくなったんだよ」

そこにえりなが二階から下りてきた。広行を一瞥し、すべてを理解して「どうも」とひと言残し、キッチンへと立ち去る。

「あれ？　万理は？」

「まだだと思うけど」

「そうそう、万理子、スゴいんですよ。仕事で大抜擢」と千明が真平と和平に説明しようとしたとき、万理子が戻ってきた。みんなが勢ぞろいしているのにハッとし、千明の姿に一瞬固まる。目と目が合うと、万理子は脱兎《だっと》のごとく二階へと駆け上がった。

「え？」

部屋に入るや、万理子はつっかえ棒を引き戸に装着。久しぶりの引きこもりモードだ。戸を背に、万理子は頭を抱えてうずくまる。

二階を見上げながら和平が千明に訊ねる。「なんかありましたか、あいつ」

「いやいや、今言ったとおり、仕事で……」

そこまで言って、千明はふと思い当たる。

アホ部長か……？

「ちょっと……行ってきます」

部屋の前に立つと、千明は「万理子？」と声をかけた。

「あんた、アホ部長に何か言われた？　ごめんね、ひとりで行かせちゃって。どうせなんか言われたんでしょ？　三日で書けとかそういうこと？　予算ないのにドカンと派手にとか？　だったら自分でやってみろっての！　ほんと腹立つよね？　ね？」

「……」

反応がない。ということは別の理由か……？

みんなも上がってきて、心配そうに万理子の部屋の扉を見つめる。

「じゃあ、あれかな？　断ってきちゃったのかな？　そうだよね、いきなりそんなこと言われても戸惑うよね。私、万理子にそんな大きな仕事がきて、うれしくって喜ぶばっかりでさ。たしかに、万理子の気持ち考えてあげる時間がなかったかもなぁ……。不安だよね、そりゃ。いつもはさ、私もいるし、仲間たちも一緒だけどさ、その仕事をするとなったら知ってる人誰もいないんだもん。でもね、万理子。これね、スゴいことなんですよ。ほかの誰でもない、長倉万理子に仕事を頼みたいっていう人がいるっていうのはさ。私が強引にこの仕事に巻き込んだみたいなところがあるじゃん？　だから反省してんの、心配してんの。でも、万理子はいつも楽しそうに仕事してくれてたじゃん。うれしかったたし、脚本家としての新しい道が開けたのかなと思ってたし……で、今回さらに大きな世界に行けるチャンスができたわけじゃん」

引き戸越しに千明の声を聞きながら、万理子の目には涙があふれてくる。愛する人が心から自分のことを思ってくれている。でも、自分はその思いには応えられない……。

「ちょっと頑張れば乗り越えられるじゃん。そのほうが万理子も幸せでしょ？　幸せになろうよ」

みんなが息を殺して注目するなか、万理子が消え入るような声で話しはじめた。

「私は……」

「え？」

「私は今が幸せなんです。今よりも大きな世界に行きたいなんてみじんも思ってないのです。むしろ行きたくないのです」

「どういうこと？」と千明が訊ねる。

「不安だとか、本当は行きたいのに自信がないから行かないとか、そういうことじゃないんです。せっかくのお話を棒に振ることがいかに罰当たりなことかも、よくわかっております。そして、みなさんが私の言ってることを理解できないことも承知しております。私は貝のようにひとりの世界に閉じこもって生きておりました。そして、千明さんと出会い、新しい世界を教えてもらい、千明さんのおそばで仕事をして……それだけで十分幸せなのです。違う世界に飛び出すことより、今いるこの世界で頑張ることが私には幸せなんです。はたから見たら、小さな世界に満足した向上心のない人間かもしれませんが、この幸せから出ていかないといけないのでしょうか？」

　万理子の必死の訴えを、千明は静かに受け止めた。

「そっか……ごめん、万理子。私、すっごくふつうのつまんないこと言っちゃったんだね。私、つねに全速力で走るタイプだからさ……。でも、それぞれ自分のペースで前に進めばいいんだね。世界に大きいも小さいもないよね。ごめん、万理子、わかってあげられなくて。上司として人としてほんと恥ずかしいです。すみません。……もういいから、出ておいで、万理子」

　ゆっくりと扉が開き、万理子が出てくる。その顔は涙に濡れてぐしゃぐしゃだ。千明は万理子を抱きしめた。

「理解しました、あんたの幸せ。それはそれでファンキーなんだよね」

「……ありがとうございます、ありがとうございます、ありがとうございます」

千明の胸のなかで、万理子は声を震わせて泣いている。

「万理子……よかったな」

泣きながら万理子は和平に頷く。「ありがとうございます」

そのとき、真平が「あ、そうか」と場違いな声を上げた。

「どうしたの？」と訊ねる知美に、「万理の心が乱れてたのか……」とつぶやく。

「俺、胸がざわざわするのがさ、自分の体がどっか悪いのかなと思ってさ……俺ヤバいのかなって」

「え？　それでみんなに会いたいって……」

知美の目に驚きと失望が浮かぶ。「なんで言ってくれないの？」

「ごめん」

「男ってのはさ、大事なことほど言わないもんなのよ。女房やってくんなら、そこわかりなさい」

「そうだぞ」

典子と広行がベテラン夫婦らしく知美を諭すが、すぐに和平にツッコまれる。

「お前ら、今日は黙ってろ。腹立つから」

そのとき、階下で扉が開く音がした。秀子である。

すぐに真平が階段を下りていき、「お義母《かあ》さん、どうぞどうぞ」と招き入れる。

せっかくだから、と長倉家での夕飯に知美が誘っていたのだ。みんなと挨拶を交わしていた秀子は、広行を見て、「あ！」と声を上げた。広行も気づき、うろたえる。

「あれ？　荒野に旅立ったんじゃないんですか？」

「いやいやいや」と広行はパニくる。なんで、この女がここに来るんだ。真平君のお義母さん……ということは、つまり……え～～～～!?

「どうしたの？　お母さん」

「いや、だからほら、最近出会った、ほら」

「え？　例の？」

「え～～～～！」

知美と真平は顔を見合わせ、そして、まじまじと広行と秀子を見た。典子は血相を変え、「ちょっと、どういうこと？」と広行に詰め寄る。

「いやいやいやいや」

「天涯孤独って言ってましたよね」と秀子もあきれたように広行を見つめる。

「はぁ～～～～!?」

典子ににらまれ、広行は和平に助けを求める。

「もう、かばいきれませんよ！」

にぎやかで楽しい夕食が終わり、それぞれが自分の家や部屋に戻る。千明と和平のふたりだけがテラスに残り、一杯やっていた。

「なんか、最近、人に頼られることも増えて、ついわかったようなことをね、言うようになって。年寄りの説教っていうか、偉そうで、自分がイヤになります」

「わかります」と和平が微笑む。

「でも、今日よくわかりました。わかってないな、ちっともって……人の気持ちは本当に複雑で、人それぞれで……人の数だけ幸せがある。私、全然わかってなくて……まだまだなんだなって思いました。典子のこともそうだし、万理子のことも……」

「私も空振りばっかりです。でも、こういうふうに考えませんか？　まだまだは、いいことじゃないですか？」

「いいこと？」

「この年になってもまだまだってことは、のびしろがあるってことじゃないですか」

「あぁ、なるほど……できあがっちゃうよりいいですね」

「まだまだわからないことだらけ。探してることだらけ……そのほうが前に進めるっていうか、成長できる感じがしません？」

「たしかに……ありがとうございます」

「いえ。私もですから……まだまだなのに、残された時間は多くない。やれやれです」

「やれやれですね……てか今、一緒にしましたよね。まぁ、でもいいや今日は」

いつになく素直な千明に、和平は言った。「一緒じゃないですよ」

「え？」

「あなたは私にしたら年下の女子なんですから、いくつになっても。四つ下の女の子」

笑いながら千明は「ありがとうございます」と礼を言う。「いつもと言ってること違うじゃないですか。四十八と五十二は変わらないって……」

「いや一緒ですよ。一緒のグループ。でも年下は年下ですよ」

「ありがとうございます、先輩。ちょっと意外だったんですけど、広行さんのことをうらやましいって言ってましたよね。そういう気持ちあるんですか？　先輩にも」

「少しはあるかもしれません。そういう自由を求めるとか、常識に反抗するとか、体制に反抗するとか、少しうらやましいっていうか憧れがあるのかもしれない。自分にはないですから」

「へえ。若いころからなかったんですか?」

「はい。同級生とか先輩とかが反抗したりとか、大人になんかなりたくねぇってやってるときに、早く大人になりたいと思ってたんで。親が亡くなって、きょうだいの面倒をみないといけなかったから、自由とか反抗とか考える余裕も暇もなかったし、親戚とか鎌倉の近所の大人たちに……みんなに助けてもらってね。いい大人ばかり見てたからですかね、早く大人になりたいと思ってました。あなたがバイクで峠を攻めたりしてたころにですよ」

「してないっつうの」

「じゃあ、あれだ? 校舎の窓ガラス割ったりとか」

「それに近いことはあったかも」

「本当ですか?」

「ウソですよ」

「そのころにね、私は心の底から大人たちに感謝してしまってたんですよ。そうしたら、こんなふうになってしまったんです」

「……なるほどね。それでこんな長倉和平ができあがったんですか」

「こんなって」

「へぇ……なんか年取るのも面白いな……わからなかったことがわかるようになっ

たり……わかってたつもりのことが、またわからなくなったり」

「たしかに」

「まだまだなんですねぇ、私たち」

「そうですね……やれやれです」

「やれやれですねぇ」

ふたりはしみじみとグラスをかたむける。


翌日から広行は典子のベビーシッター業を手伝いはじめた。また客が増え、人手がほしくなったのだ。三台のベビーカーで局内を闊歩する夫婦のたくましさに、千明は苦笑する。

長倉和平のような大人もいれば、水谷広行のような大人もいる。

まだまだでやれやれな私たち大人は、ため息をつきながら、それでも前を向いて歩いていく。

第9話　恋で泣く大人も悪くない

なぜ私はこんな店にいるんだ？　しかも、この人と向かい合って……。

ナチュラル系のダイニングカフェに千明が居心地悪そうに座っている。正面でメニューをにらんでいるのは薫子。隣では可愛らしい花柄のエプロンをつけた店員が注文を待っている。

いつまで迷ってるんだよ……。イライラを静めようと千明はタバコを取り出した。が、すぐ店内は禁煙だと店員に注意される。

「あ、ごめんなさい。私、タバコのことなんて全然考えずにお店選んじゃって」

「いえいえ、何言ってんですか。こちらこそ任せてくださいって歩かせたのに、店が休みとか本当にすみません。ねぇ、可愛いお店ですね」

極楽寺駅を出たところで偶然、薫子と会った。「もしよかったら、お酒でも飲みませんか？」と誘われたのには驚いたが、「やっぱり、私みたいなのとはイヤですよね」と言われ、なんか面白いなぁと思ってしまったのだ。

注文したビールとカシスオレンジがきて、ふたりはグラスを合わせる。一気にグラスの半分ほどを空けた千明とは対照的に、薫子は味を確かめるように少しずつ何度もグラスを口に運ぶ。

「今日はすごくうれしいんですよ、私。千明さんとこんなふうにお酒飲めて」

「そう？」

「はい。あ、千明さんからすると私みたいなタイプ嫌いですよね。なんか女おんなしてて、やっぱりイライラします？」

「するする」

「男に媚びているように思います？」

「思う思う」

「そうですよね」と薫子が沈んだような声音になる。

「いや、でもさ、同じようにさ、そちら側も私みたいなバキバキサバサバ系の女のことはさ、なんか言ってたわけでしょ？」

「もちろん」と薫子は両腕を抱いて震えてみせる。「怖〜〜〜〜い」

「なるほどね。言われてた気がするわ」

「なんでそんなにいつも怒ってるんだろ？　男みたい。可愛くない。本当はもっと女の子らしくしたいんじゃないの？」

羅列してみせる薫子に千明は余裕の笑顔。「たくさんありがとう。そんなふうに言ってたわけね」

「だから、学生時代とか絶対に交わらない感じだったじゃないですか、私たち」

「交わらない交わらない」

「そういう人と大人になってこんなふうに一緒にお酒が飲めるなんて、なんかうれしいなって思うんですよね。あ、心配しないでください。ここから親友になりましょうとか言いませんから」

「よかった」と千明は笑った。「つまりあれだ。べつに親友にはなれなくても、認め合うくらいにはなれるんじゃないかなと。女同士、もう大人なんだし」

「はい、そういうことです。人それぞれみんな、言い分ありますし」

薫子は空になったグラスをかかげ、店員に言った。

「すみません、今度はカシスミルクをお願いします」

「その似た系のお酒をね、飲むのはいいんだけど、お代わりのたびにちょっとだけ違うのに替えるの、なんかイライラするんだよね。カシスオレンジからカシスミルクって」

「え〜、オレンジとミルクは違いますよ。いろいろ飲みたいじゃないですか。怖〜〜〜〜〜い」

「いや、だから、怖いって言うのに、どうしてそんな長いにょろにょろが入るんだろうな。その怖〜〜〜〜いっていうにょろにょろにイライラするわけよ。あとその酒の色もイライラする」

「え～～～～、そんなことでイライラすることが怖～～～～～い」

言いながら薫子は噴き出した。千明も笑ってしまって、「やっぱ親友にはなれないわ」

「ですよねぇ」

そこに薫子の注文したカシスミルクが運ばれてくる。

「でも、乾杯はできるね」と千明がかかげたビールのグラスに、薫子は笑顔でグラスを合わせた。

薫子がおいしそうに飲むので、千明も興味本位でカクテルにチェンジ。自分とほぼ同じペースでグラスを空けていく薫子に、この子、意外にいける口かと千明は楽しくなってくる。酔いとともに口もなめらかになり、がんがんツッコみはじめた。負けじと薫子も言い返してくる。

「計算で男の人の前で涙とか出せるわけないじゃないですかぁ。女優じゃないんだから」

「本当かぁ?」

「本当ですよ。ただ、我慢はしないですけどね。泣くのを。だって生理的なものですもん」

「まぁ、たしかに」

「千明さんはないんですか？　男性の前で泣いたこと」

千明は少し考え、言った。

「他人のことで泣いたりはあるかもしれないけど、自分のことではありえないね」

「泣きたいことないですか？　友達じゃなくて男の人の前で泣きたいこと」

「男の前で泣いたら負けって思って生きてきたからねえ」

「誰と闘ってるんですか？」と不思議そうに聞かれ、千明も首をかしげる。

「……誰とだろ？」

「大変ですね、いっつも何かと闘ってて。その闘いに勝ちはあるんですか？」

「え……」

「なんか千明さんみたいな人って、自分で鎧着《よろい》ちゃって、闘わなくてもいいことまで無理して闘ってるように見えます。本当は休みたいのに、甘えたいのに、それができない」

「ふ〜ん……ま、そっちはもうちょっと闘えよって感じなわけだけどね」

「そうなんでしょうねえ」

素直な薫子の反応に千明は苦笑する。ここで向かってこないから、闘いようがないのだ。

「でも、泣くのは恥ずかしいことじゃないですよ。たまにはいいんじゃないですか？　そういうことしても。本当に悲しいときじゃなくて、泣きたいとき」

「悲しいときと泣きたいときとは違うわけ？」

「違いますよ。悲しいときってひとを頼って泣かないじゃないですか。ひとりでも泣いちゃいます。そうじゃなくて、誰かの前で泣きたいとき、無条件でやさしくされたいとき、ないですか？」

「う〜ん」と千明は考え込む。「そりゃ、あるけど」

「でしょう？　今度やってみてください、恥ずかしがらずに。楽になりますよ」

「いやぁ……四十八年守ってきたキャラっていうのがあるからねえ」

「まぁ、そうは言っても私も今はいないんですけど、そういう男性」

「長倉和平は？」

薫子は、自分なりの哲学にもとづいた和平との関係性を千明に説明する。

「恋愛はしたくないからセフレって、意味わかるようなわかんないようなだよね」

「そうですかぁ？　千明さんは恋愛しないんですか？」

「いやいや全然するする。引退させないで」

「長倉さんとは恋愛しないんですか？」

「いや、しないんですかって……う〜ん、なんて言うのかな、そういうのとは」

「長倉さんは？　どう思ってるんでしょう？」

「いや、わかんない……です」

「あ、そもそも長倉さんは、私のことどう思ってるんでしょうか？」

「わかるわけがないよね、私には。ていうか、もう呼ぶか、長倉和平を、ね。酒の席でこういうふうに名前が出たヤツは基本呼ぶ。そして詰める。これがルールだから」

「なんかそれ、怖～い。でも、いいですね！　呼びましょう」

同時に携帯を出し、薫子が言った。「一緒にかけません？」

「いいね。どっちが先につながるか、どっちに先に折り返すか」

ふたりはイタズラっぽく笑い、同時に発信ボタンを押した。しかし、つながったのはどちらも留守電。妙に丁寧でハキハキしゃべるメッセージに、ふたりは噴き出す。

「着信見たら、あたふた困るんだろうね……目に浮かぶ」

「ですねぇ」


翌朝、食卓についた和平はそわそわしながら長倉家の玄関扉を気にしていた。そろそろ千明が来るころだ。千明と薫子の着信に気づいたのは深夜だった。ソファで本を読んでいたら、そのまま居眠りをしてしまったのだ。折り返すには遅い時間だったからかけ直さなかったが、ふたりの着信が同時刻だったのが無性に気になる。

父親の不審な態度に気づき、えりなが訊ねる。「千明さん、待ってんの？」

「いや、そんなんじゃないよ」

「なんかまた優柔不断系ですか？」

「系ってな……」と和平は顔をしかめ、説教モードに突入する。「あの人の口グセうつってんじゃないのか？　なんでもそうやって何々系っていうのはよくないと思う。日本語っていうのはさ」

「そういう説教系はいりません」

「いや、だから」

そこに「おはようございます！」と千明が入ってきた。顔を見て、すぐに真平が訊ねる。

「あれ？　二日酔い？」

「そうなんだよ。いつもと違う酒を飲んでしまって……酒の種類も会話もね」

真平に答え、席についた千明は正面の和平が少しムッとしているのに気づいた。

「あれ何？　また長倉和平、優柔不断系の話ですか？」

「何とか系って言い方嫌いなんだって」とえりなが答える。

「あぁ、若い子の日本語の間違いなんかを指摘して、負けを回避するみたいな系?」

「まさにそれ系」

「……なんなんだよ、それ」

そこに「おっはよう、ご機嫌系?」と典子が入ってくる。和平はため息をつきつつも、広行の姿がないのにホッとする。典子は一緒に来るつもりだったのだが、朝から面接があるからとどこかに出かけてしまったのだ。

「よくわかんないけどさ。決まればそのまま仕事だ、ずっとやりたかった仕事だって言ってた」

典子はみんなに説明すると、話を戻す。「で、今朝はお兄ちゃんのどこが優柔不断だって?」

「あのな、優柔不断、優柔不断って悪く言うけどな、どこが悪いんだよ。いいか、やさしく、やわらかく、断らずだよ。そう書くんだよ。素晴らしいじゃないか」

「出た。漢字ではこう書くんだぞ話。金八系」と千明が茶々を入れる。

「いけませんか? 博愛精神とでもいうんですか? 宮沢賢治みたいなもんですよ。雨ニモマケズ風ニモマケズですよ。東に病気の子どもがあれば行って看病してやりみたいなね」

「気持ちはわかりますよ。優柔不断、たしかに悪いことばかりではないです。基本、悪意はないですからね。ただ、問題は優柔不断の優ですよ、優。やさしいっていう字」

千明の反論が始まり、すかさず万理子がスマホにメモの用意を始める。

「男が優しくなったなんて最近言うじゃないですか。あれ、違うと思うんですよ、私は」

「どういう意味ですか？」

「言うじゃないですか、男は。なんでわからないんだ。それは俺なりのやさしさだろうとかさ」

「言う言う」とえりなが真っ先に同意し、思わず和平は娘を見る。

彼氏と、もうそういうことを言い合う間柄なのか……。

典子もすぐに千明に乗っかる。「俺としては精いっぱい考えたつもりだとかね。うるせえよ、考えたって外れてたら意味ねえよ、みたいなね」

「わかる」とえりなが頷く。

「俺は最初にどうしてほしいか聞いてたからなぁ」と真平が言うと、「それは正しい」と女性陣が賛同する。和平は納得いかないが、とりあえず千明の言い分を聞いている。

「俺なりにとか、俺としてはとか、言うじゃん、男はさ。あれは自分にはちゃんとはできないけど、やってんだから認めてねってことなんだよ。甘ったれてんだよ。あとカッコつけ？　本当はこっちなんだろうけど、あえてみたいな。わかってんなら、ちゃんとやれよって話ですよ」

「ちょっと待ってくださいよ、自分勝手だな、ホントに。自分なりに精いっぱい相手のことを考えているんだという意味じゃないですか。それをどうして感謝しないんですか？　たとえ望んでることと違ってもですよ」

「違ったら意味ないじゃん」と典子がバッサリ。

「そういうね、俺流みたいな予防線張るのが、男のくせに小さいって話ですよ。何が俺流だ。私はね、いや女はね、俺流のやさしさなんていらない。一流のやさしさがほしいんだ」

「おぉ」と万理子が感心しながら、千明の言葉をメモしていく。

「なんなんだよ、いったい。なんで私が俺流全般を責められなきゃいけないんですか。言ってないでしょ、私は俺流なんて」

「言ってませんでした？」

「言ってません」

「そういえば今朝、お兄ちゃんは千明さんが来るのをそわそわと気にしていたようでしたが」

「またお前はそういう言わなくてもいいことを」と和平が万理子をにらむ。

「なんかありました？」

千明に聞かれ、眠っていて電話に出られなかったことを和平は詫びた。

「なんかあったんですか？」

「飲みの誘いですよ。長倉和平を呼ぼうって話になりましてね」

「え？　誰と？　どんな飲み会なんですか？」

「飲み会の誘いの電話に出なかった人はね、どんな会だったかとか、何があったのかとか楽しかったのかとか、教えてやんないことにしてるんで」

「なんですか、その酒飲みルール」

「ちなみに、原田薫子さんとふたり飲みだったんですけどね」

「え……」と意外な組み合わせに和平は固まる。それで同時に着信があったのか……。

「なんで？」

「だから教えません」

「楽しそう。行きたかったなぁ」と言うえりなに、千明も「えりなを呼べばよかったね」と微笑む。新たなる線が引かれた人物相関図に、万理子も興味深そうに何度も頷く。

「ハルカ先輩に、展開に煮詰まったときは接点のなかった人物同士を会わせるといいと教わったのですが、まさにそういう展開ですね」

「なるほどねぇ……いろんな情報が交換できたりするもんねぇ」

一体、どんな会話が交わされたのか……和平は不安でいっぱいになっている。

「というわけで、お先に行ってまいります」

出ていくえりなを見送った大人たちは顔を見合わせた。

えりなが先に行ったということは……遅刻だ！

和平、千明、万理子、典子は、あわてて家を飛び出した。


そば屋の個室で、和平と市長が差し向かいでお昼を食べている。どこか気まずい雰囲気がほんのりと漂っているが、和平はあえていつもどおりに振る舞う。耐えきれなくなったのか、ついに市長が口火を切った。

「この気まずい空気の原因は先日の私の発言ですね。あなたに恋をしているというう」

「え?……あ、いや」とそばをすくった和平の箸が止まる。

「違うんですか?」

「いや、あの……」と優柔不断モードを発動させる和平に、市長はきっぱりと言った。

「私はあなたに恋をしています。それは事実です。ですがべつに、付き合ってくれと言っているわけではありません」

「あ……ええ、それは」

「私は、私なりに自分のことはわかっているつもりです」

「は？」

「女性としてのポテンシャルのことです。ですから、この恋が実るとは思っておりません」

「いや、そんな」

「あるんですか？　可能性が」

「あ、いや……それは」

情けないくらい困っている和平に、「申し訳ありません」と市長はあやまる。「ですが、はっきりと断らないでください。恋愛はできなくても、恋をする権利くらい私にもあるはずです」

和平はどう答えていいか戸惑う。そんな和平に、市長は女性らしいやわらかな視線を送った。

「片想いには二種類あるんです、長倉さん。ひとつは、思いを告げた結果、失恋に終わる片想い。もうひとつは、思いを告げず、または結果を知らされず、永遠に続く片想い。後者の場合、いつまでも夢を見ることができます。ですから、そうさせてください。人生最後になるかもしれない片想い……結果の出ない片想いにさせてください。お願いします」

そう言って、市長は和平に頭を下げた。

「そんな、市長……」

顔を上げると、市長はすっきりとした笑みを向けた。

「というわけで、私はあなたに恋をし続けます。あなたは、それを知ってはいるが答えを言わない、優柔不断な男をよろしくお願いいたします」

「え……」

「よろしく！　あれですね、私と長倉さんの会話は嚙み合わなくて面白いですね」

急にテンションを上げた市長に、「そうですね」と和平が相槌を打つ。

「漫才コンビにでもなりますか。市長課長というコンビ名はどうですか？　今思いつきました」と市長は豪快に笑う。和平も頑張って、合わせて笑う。

笑っているはずなのに、なぜか胸がきゅんと痛んで、熱いものが込み上げてきて、
市長は和平に背を向けた。必死で涙をおさえる市長の背中に、和平はいたたまれな

くなる。

「吉野？　吉野千明？」

局のロビーで声をかけられ、千明は振り向いた。待ち合わせ用のソファの前に立っているのは自分と同世代の男。少しくたびれた地味なスーツ姿で、手には大型のアタッシュケースを持っている。この業界の人間ではなさそうだ。どこの誰だっけ？……と考えていると男が言った。

「俺だよ、小五、小六と同じクラスだった稲垣輝夫《いながきてるお》。よく遊んだじゃん」

「稲垣輝夫……って……あぁ、テル？　テルだ」

「そうそう。テル」と稲垣は安堵したように微笑む。

「どうしたの？　久しぶりじゃん！　元気？　何年ぶり？」

稲垣は、先日たまたま千明の母親と会って、いろいろ話していたら懐かしくなり、仕事で近くに来たので寄ってみたと言う。特に急ぎの仕事もなかったので、千明は稲垣をお茶に誘った。

「でもスゴいなぁ。カッコいいなぁ。テレビ局だもんなぁ。おふくろさんも自慢してたぞ」

「え～、本当に？」

「あぁ。郵便局で会ってさ、吉野の話、いろいろ教えてもらった。俺もうれしくなっちゃってさ。同級生だし、よく遊んだし。ていうか、吉野、男とばっか遊んでたもんな」

「ハハ、そうだったね」

「負けず嫌いでさ。男のなかでも絶対負けねえみたいな感じでさ」

「ハハ……それは今も変わらないかも。テルは仕事、何やってんの？」

「今は営業。服飾系」

「そのでっかいカバン、仕事の？」

「あ、これ？」と稲垣はアタッシュケースを開けてみせる。中には矯正ストッキングがぎっしり詰め込まれている。

「何これ？　脚が細くなるストッキング？」

「当社の人気商品だよ。むくみもとれてスッキリしますよ」

「へぇ」

「吉野なんかはさ、独身でバリバリ働いてるんだろうし、そこらの主婦と違ってさ、今もそうだけど、いつでもきれいにしてなきゃいけないじゃん？　ま、商品がいい分、ちょっと値段は高くなるけど、吉野の収入からすれば全然大したことはないだろうし」

「え……ハハ」

「同級生に悪いものを勧めたりしないしさ、俺も……あ、それにさ、お友達とか同僚とかにも、美に気をつかってる女性多いだろうしね。これね、マジでいいんだよ。地方のメーカーだからさ、知らないだろうと思うけど、今だとね、キャンペーン期間なんで」

饒舌に商品を売り込む元同級生を見ながら、千明の心のどこかが急速に冷めていく。

「……テル」

「ん？」

大量のストッキングを持ってスタッフルームに戻った千明は、それを女性陣に配りはじめた。三井に理由を聞かれると、「昔の友達が営業やっててさ」とだけ答え、すぐに話題を変える。

「武田、タイトルバックどうだった？」

「あ、はい！　さっき上がってきました。見ます？」

「そうだね……あ、ちょっと待って」

千明は奥のベビーシッタールームに行き、典子に声をかける。

「大丈夫だったらちょっとだけ見においでよ。あんたも、もうスタッフの一員だしさ」

「うれしい。行く行く。ちょっと待ってて」

モニターの前に集まるみんなのところにベビーカーを押した典子が合流し、武田がDVDをセット。主題歌と一緒に流れるタイトルバックの映像はドラマの顔のようなものだ。みんな、期待に胸を高鳴らせながら画面に注目する。

「あ、そうだ、千明さん。この撮影のときに、エキストラの人に挨拶されまして。千明さんの知り合いみたいで、よろしくって」

「あ、竹村さんでしょ？　でこっぱちで丸っこくて可愛いおばちゃん。仲よしなんだよね」

「違います。おじさんでしたよ。これがね、なかなかいい味出してたんですよ。わりとすぐ出てきますよ」

「へぇ、誰だろ」

「じゃ始めます」と武田が再生ボタンを押した。冒頭、丸の内に出勤するサラリーマンたちの姿が淡いトーンの映像で描き出されていく。と、千明と典子が同時に
「あ！」と声を上げた。

「止めて！」

あわてて武田が一時停止ボタンを押す。画面のなかの疲れたサラリーマン集団のひとりは、広行だった。結構目立つポジションで、いい感じにくたびれた表情をしている。

広行を指さす千明に向かって「あぁ、この人です」と武田が答える。

「なんか冴えないおっさんですね」とハルカが言った。「負のオーラを感じます」

「うちの旦那」

典子の声に、ハルカは「え?」と振り返り、画面を二度見する。

「面接というのはエキストラのだったのですね。たしかずっとやりたかった仕事とか」

冷静な万理子の言葉に、「マジで?」と千明は笑いだした。

「なんかズルい。私も映りたい! 映る!」

騒ぎはじめる典子を制し、千明は言った。「でも、なかなかいいかもね」

「ですね」と万理子も頷く。「冴えない顔が見事に力を発揮しております」

「いいなぁ」と典子はうらやましげに、画面のなかの広行を見つめるのだった。

鎌倉駅へと向かう道を仕事帰りの和平が歩いている。と、携帯が鳴り、和平は着信画面を見た。

〝原田薫子〟の表示に一瞬躊躇したが、居留守は苦手で、勝手に指がボタンに触れる。

「もしもし?」

「今、面倒くせぇなぁ、疲れてるしなぁってちょっと出るかどうか迷っただろ、長倉ぁ」

図星を指され、和平は「え?」と周囲を見回す。道沿いのカフェのガラス越しに薫子が笑顔で手を振っているのが見えた。

カフェで薫子に向き合うと、和平はゆうべ電話に出られなかったことを詫びた。出なくて正解でしたと薫子は笑う。

「それでですね、私、ちょっと確認したいんですけど、長倉さんの気持ち」

「え?」

「私のこと、どう思ってます?」

「どう……って」とさっそくの優柔不断モード発動に、薫子は質問を変える。「二択にします。好きか嫌いか、ふたつに分けたら、どっちですか?」

「いや、それだと……好きですけど」

「ありがとうございます。では、女としては? 恋愛対象として好きですか? 嫌いですか?」

「あ……まだ、原田さんのことをあまり知らないですし、その……」

「どっちですか？　あるなしで言ったら？　はい、どっち？」

「なし」

ポンポンと急かされるように聞かれ、和平の口からつい本音がこぼれる。気まずさに顔を伏せた和平に、薫子が言った。

「よかったぁ」

「え？」と和平が顔を上げる。

「つまりあれですよね。人としては嫌いではないけど、恋人とか、そういうふうになりたいわけではないということですよね」

「ええ……はい」

「一緒ですね。じゃ、よかった、セフレになれますね。確認終了したので失礼します」

立ち上がろうとする薫子に、和平が「あの」と声をかける。座り直した薫子に和平は言った。

「原田さん、私が優柔不断なばっかりに、なんだかヘンなことになってしまって……すみません……私にはできません。恋愛ではないのに、セフレ……そういうことは私にはできません。申し訳ありません」

頭を下げる和平を、「そうですか……」と薫子は悲しげに見つめる。

「わかりました……すみませんでした」

頭を下げ、去っていく薫子の後ろ姿を目で追いながら、和平は自己嫌悪にさいなまれる。

みんなが言うように、優柔不断じゃダメなんだよなぁ……。


「え？　お見合いすんの？　祥子」

馴染みのイタリア料理店での恒例の女子会中、今夜の最初の話題を提供したのは祥子だった。

「違う違う。親から電話がかかってきて、お見合い話が来たけど、どうせしないだろうから断ったからって……まだしないって言ってないのにさ」

「すんの？」と啓子が訊ねる。

「いや、しないけど、自分で断りたいじゃん。せめて、写真くらいは見たいじゃん」

「なるほどね」と千明が頷く。

「なんかさ、私、結婚する気がないって勝手に決めつけられてるんだよねえ」

「それわかる」と啓子が同意する。「こっちは、べつにしたくないわけじゃないのにさ」

「あぁ、あるね……。昔、田舎に帰ったときにね……」と千明が話しだす。「ばあちゃんに真顔で、今の女はわからないって言われた。ばあちゃんの時代はね、結婚はみんながするものだったと。だから、結婚してない女はさ、結婚しない人ではなくて結婚できない人だった。だから、そういう人には、本気でみんな、なんとかしてあげようと、お見合いとか紹介したりとかして、心配されたほうも心から喜んで、いい関係だったと……でも、今の女は違う。千明みたいに、結婚したくない、しないと決めてる女もいるから、心配したり考えたりできない。つまらんって」

祥子と啓子が「へえ」と頷く。

「私、したくないとかしないとか、ひと言も言ってないんだけどね……。逆にさ、この年で独身だとさ、あえてしないんでしょって決めつけられる空気あるよね」

一服しようと千明の手がバッグを探る。中に入っていたストッキングを見て、

「あ、そうだ」とそれを手にとる。「はい、プレゼント」

いきなり矯正ストッキングを渡された啓子は、「どうしたの?」と訊ねる。

「それがさぁ」と千明が答えようとしたとき、携帯が鳴った。「ごめんね」と席を外し、液晶画面を見る。知らない番号に「誰だろ?」と首をかしげながら、通話ボタンを押した。聞こえてきたのは元同級生の声だった……。

極楽寺駅ホームのベンチに千明がぼんやり座っている。女子会を早々に抜けて、どうにかここまで帰ってきたが、電池が切れてしまった。

千明は手にしていた携帯に目をやり、電話帳から長倉和平を呼び出す。しばらく名前を眺めていたが、救いを求めるように発信ボタンを押した。

十分後、千明は何度か来たことのある日本酒のおいしい居酒屋にいた。隣には和平の姿もある。

「すいません、なんか」

夜遅くに突然呼び出されたにもかかわらず、和平はいつもの生真面目な佇まいで心配そうに千明を見ている。

「いえいえ……なんかありました?」

「はい」

「そうですか……どんなことを今、求めてますか?　どんなやさしさをっていうか、一流のやさしさをできれば披露したいけど……その……」

この人はどこまで真面目なんだろうと千明は少しおかしくなってくる。

「一流じゃなくていいです。長倉和平流で」

「そうですか。じゃ、とことん付き合います」と和平は微笑み、メニューを開いた。

酒が入るとストッパーが外れ、千明は和平に向かってあふれ出る思いを言葉にしていく。

「……私、言っちゃったんですよ、その同級生にね。やめようよ、そういうの。偶然みたいにしてやってきて、世間話から入って、結局営業って流れは……なんか悲しいよって。もし困ってるなら、最初からそう言ってくれればいいじゃん。吉野、助けてくれって、言えばいいじゃんって」

和平は黙って、空いた千明のグラスに酒をつぎ足す。

「こうも言っちゃいました。田舎とか、同級生とかさ、美しいものであってほしいんだよ。もうこれで会いにくくなるでしょ？　そんなの悲しいじゃん……って」

和平は頷き、「で、商品は？」と訊ねた。

「結局、買いました。結構たくさん」

「そうですか」

「ちっちゃいんですよ、私……キツいこと言っておいて、でも悪く思われるのもイヤだから買っちゃうみたいな。買うんなら、何も言わず買えばよかったなと思いました。帰ってく同級生の姿は、なんか卑屈っていうか……なんか見ててつらくて」

黙って頷く和平の、そのおだやかな目に、今まで開くことがなかった千明の心の奥の扉がゆっくりと開いていく。

「ううん、違う。正直言うと……腹が立ってしまったんですよ。私はね、これでも自分なりにね、頑張って生きてきたんですよ、精いっぱいね。努力だって勉強だってしてきたし、悔しい思いも寂しい思いもね、いっぱいしてきて、今もそんなことが山ほどあって生きてるわけです」

「……ええ」

「それなのにさ、私はそういうふうにしか思われない人間なんだなって……独身で気楽で小金持ちで、服とか化粧とか金かけて……華やかな世界にいて、楽しく働いて……そりゃそうかもしれないけど……頑張って生きてきたのに、それだけかよって……同級生にそんなふうにしか見られない人間なのかって……なんかそれが腹立って、腹立って……だから言わなくてもいいことまで言っちゃったんです」

千明は酒でのどをうるおすと、続けた。

「それだけなら、まだよかったんですけど……さっき、電話があったんですよ、その同級生から」

「はい」

「ものすごいあやまられちゃいました。吉野の言ったとおりだ。俺は最低だった、どうか許してくれって……本当に悪かったって、何度も何度も……。電話の向こうでね、泣いてるのがわかるんですよ。なんかもうね……なんかもう……」

千明は言葉に詰まり、唇を噛みしめる。

「人が年取って、大人になるって……なんでこんなに切ないんですかね。なんかいいことあるんですかね、私。そんなふうに思っちゃって……泣きたくなったんです」

「……そうですか」

溜まっていた心のモヤモヤを吐き出し、ふと我に返った千明は自嘲するように笑った。

「でも、泣いてないですよね、私。泣けないんだなぁ……」

そう言って千明はグラスを空けた。

「で、その分、酒が増えるって、演歌か私は……こらえた涙の分だけグラスの数が増える……」

苦笑する千明に、和平は言った。

「好きですけどね」

「何がですか?」

「吉野さんみたいな……泣けない系?」

うまい言い方に、千明の顔がほころぶ。緊張がゆるんだ瞬間、涙のダムが決壊した。感情があふれ、涙となってこぼれ落ちる。肩を震わせながら、ぽろぽろと涙をこぼす千明を、和平はただ黙って見守っている。

薄暗い街灯が照らす夜の道を、酔いつぶれた千明を背負った和平がよたよたと歩いている。肩ごしに顔を見ると、頰がまだ濡れているのがわかる。

「……内緒っすよ、泣いたこと。男の前で。おんぶもです」

「わかりました」

「言ったら、殺す……」

そのあともムニャムニャと何か言っていたが、完全に寝言となって、よくわからなかった。

「うれしかったですよ……私の前で泣いてくれて」

もう千明は答えない。

耳元で気持ちよさそうな寝息を感じながら、和平はゆっくりと家路を歩いていく。

第10話　恋をのぞけば、順調です

　早朝の海岸、和平がしゃがみ込んで桜貝を拾っている。美しい蝶のような形の貝を見つけ、顔をほころばすが、ふと我に返り、ため息をつく。

「何になるんだか、こんなことして」

　毛足の長い白い犬を連れた散歩の老夫婦が「おはようございます」と声をかけてくる。

「あ、おはようございます。暑くなりそうですね、今日も」と笑顔で応えた和平は、その後ろからさっそうと駆けてくるランナーの姿にたまげて砂浜に腰を落とした。フードを目深にかぶり、まるで試合直前のボクサーのように悲壮感を漂わせて走っているのは、千明だった。

　和平に気づいた千明は、「よっす！」と足を止めた。

「な、何をなさってるんですか？」

「何ってジョギングですよ。見てわかんないすか」

「いや、それはわかりますけど、なんでまた」

「今日、人間ドックなんで気合い入れてるんですよ」

「ごめんなさい。意味が全然わからないっていうか、つながらないんですけど。人間ドックとそのロッキーみたいなジョギング姿が」

「戦いじゃないですか、人間ドックは」

「……はい？」

「あぁ、もう説明面倒くさい。今、ちょっと忙しいんで、また」

走り去っていく千明の姿を見ながら、和平は首をかしげる。ふと重大なことに気がついた。

「え？……今日、人間ドックって」


真平がえりなに運んできた朝食プレートをチラ見して、思わず「うまそうだなぁ」と和平はこぼす。自分の前にはコップ一杯の水だけ。万理子が理由を訊ねると、真平が答えた。

「今日、人間ドックなんだって」

「お兄ちゃんも今日でしたか」と万理子は少し驚く。「千明さんもです」

「らしいな。さっき気合い入れて海岸を走ってたぞ。意味がわからないけど」

そこに、「よっす」と当の本人がやってきた。禁煙パイプを口に加え、明らかにイライラした様子。テーブルの前まで来て、「あ、そっか」と舌打ちする。「食べちゃいけないのか。習性で来てしまった。うわっ、おいしそう。腹へった」

真平は自分の席にプレートを置くと、座った。まだ万理子の前には何も置かれていない。

「あれ？　万理も食べないのか？」

「はい」と万理子は和平に頷く。「千明さんが朝食抜きだとうかがいましたので、私が食べるわけにはまいりません。お付き合いさせていただくことにしました」

「万理子……」

「頑張ってください、千明さん」

「ありがとう。やっつけてくるよ」

そのやりとり、おかしいだろ……。

「人間ドックだそうで、どちらの病院ですか？」

気を取り直して和平が訊ねた。千明が病院名を告げると、和平は「え？」と声を上げた。

「もう都内がいっぱいで、万理子が紹介してくれたんですよ」

「いやいや、お兄ちゃんがよく行ってるのを思い出しまして……偶然日にちがかぶってしまい申し訳ありません」

怪訝な顔の千明に、自分も今日その病院で人間ドックを受けるのだと和平が説明する。

「はぁ？　なんでですか？」

「なんでって、私は年に一回休みをもらって、この時期に行ってるんですよ」

「あぁ、そういう感じする」

「どういう感じですか？」

「だから、年に一回きっちり人間ドックに行ってる感じですよ」

　バカにするような口調に、和平はカチンとなる。「悪いことですか？　それが……っていうかなんでそんな悲壮感漂ってるんですか？　人間ドック行くのに」

「なんでって、昨日の夜の女子会も断ってですよ？　野菜しか食べず、夜の十二時以降は禁煙もし、朝も何も食べてないんですよ。当たり前じゃないですか」

「いや、お腹すくのも禁煙がつらいのもわかりますけど……そんな機嫌悪くされても」

「べつに機嫌悪くないですよ。私はね、集中力を高めているんですよ。試合前のボクサーみたいなもんなんです」

「なんか間違ってないですかね、それ。一体、何と戦ってるんですか？」

「だって、いろんな数値が出るわけでしょ？　やる以上はいい数値出したいじゃないですか。勝ちたいじゃないですか」

理解不能の千明流理論に、鎌倉きっての良識派として和平は黙っていられない。

「勝ちたいって、だからそれが違うって言ってるんですよ。なんのために行くんですか？　悪いところがないか、その予兆がないかを調べてもらいに行くわけでしょ。そこで頑張って一番いい数値を出すっていうのは、おかしいでしょ？　何も悪い数値を出せとは言いませんけれども、むしろ普段よりよくないくらいのほうが、いいんじゃないですかね。予防のためなんですから」

「イヤですよ、そんな……悪い数値出たら何言われるかわかってるんですから」

「は？」

「私の生活のすべてを否定されるわけですよ。タバコやめろ、酒はほどほどに、仕事で無理せず、よく運動しろって……そんなの私じゃない！」

声高に訴える千明に、「たしかに」と万理子も頷く。「そんな千明さん想像できません」

「でしょう？　ですから、これは私のアイデンティティとやらをかけた戦いなんです」

「頑張ってください、千明さん」

「はいよ」

話が元に戻っちゃったよ、と和平はあきれるが、この人に常識が通じないのは身に沁《し》みてわかっている。これ以上の議論は無駄と口を閉じた。

和平は水色、千明は薄いピンク、色違いの検査服を着せられたふたりが、クリニックの廊下のベンチに並んで座っている。廊下を歩いてきた入院患者らしき老人が、

「ご夫婦で検診ですか？　偉いですねぇ」と声をかけてくる。

「え……」

気を取り直し、千明は精神集中。ボクサーモード突入に、和平は苦笑する。

「なんか余裕ですね」

「ええ。私はあなたと違って、あなたと飲みに行くくらいしか体に悪いことしてませんしね」

「なんすか、それ」

「いやいや、冗談ですよ、冗談」

「今、ちょっと冗談とか言ってる気分じゃないんで。勘弁してもらえませんか、真剣なんで」

「そうでしたね……怖いんですか？」

「怖いですよ、そりゃ……ていうか、知りたくないのかな、自分の現実を。今は元気だからいいですけど、これでちょっとでも体が弱ってるとか言われたら、なんか

一気にへこみそうで……でも、体にいいことも特にしてないし、好き勝手やってるし……健康に気をつかってる人より、早く動けなくなったり、働けなくなったりする日がくるのかもしれないし。だから予防っていうかまめに調べたほうがいいっていう理屈はそのとおりなんですけど……なんか、体っていう現実からは目をそらしたいんです……怖いんです。だって、ずっとひとりで生きてきて、ここから先もおそらくそうなわけじゃないですか。やっぱり、考えちゃうわけですよ。私が動けなくなったりしたら、誰が面倒みてくれるんだろうとか……」

「そうですか……でも、まだお若いし、大丈夫ですよ。心配しなくても」

「なんすか、そんな取ってつけたように」

「すみません」と苦笑したとき、千明の番号が呼ばれた。気合いを入れ直し、勢いづけて立ち上がった千明に、和平が言った。

「頑張ってください。応援してます。やっつけてください」

千明は笑顔を向け、親指を立てる。

「あ、終わったらなんか食べませんか?」

「行く行く。食べたい。体に悪いものが」

「じゃ、受付で」

和平に頷くと、リングに上がるボクサーの気分で千明は検査室へと入っていく。

「そろそろ終わったころでしょうか」

スタッフルームの時計をチラッと見て、万理子が言った。

「脱走したりしてませんかね、千明さん」と飯田が真顔で心配する。そこまで子どもじゃないだろうと笑う武田に、三井が首を振った。

「ありえます。去年は行ったと私に嘘をついて、布団かぶって寝てましたからね」

そのとき、三井の携帯が鳴った。表示を見て、みんなに千明からだと知らせる。

「もしもし、千明さん？」

すぐに千明の歓喜の声が聞こえてきた。

「吉野千明四十八歳、ここに完全勝利を報告いたします。まったく問題なし！」

携帯電話越しに聞こえたその言葉に、スタッフ一同も勝利の雄叫びを上げる。

「いやいや、そんなに盛り上がらなくてもさ、どんだけ悪い想定だったんだよ」

電話を切った千明に、和平が微笑みながら言った。

「お疲れさまでした。なんか、よかったみたいですね」

「ありがとうございます。おかげさまで、何も問題ありませんでした。ちょっと身長が縮んだくらいで、ばあちゃんかみたいな、ハハ」

「よかった。おめでとうございます」

そう言う和平の表情がどことなく暗い。

「あれ……もしかして、なんかありました？」

しばらしの沈黙のあと、和平は力なく「はい」と頷いた。


クリニックを出た千明と和平は、オープンしたばかりのビアガーデンへと繰り出した。まだ日も高いというのに、思い切り飲む気満々である。

最初の一杯を半分ほど飲んだところで、「まいっちゃいましたよ」と和平が切り出す。その口調から、それほど深刻な話ではなさそうだと千明は少し安堵する。

「なんかね、すべての数値が悪くなってましてね。このままだとメタボだとかまで言われるし。やだやだ、若くないんですねぇ、もう……確実にじじいに向かってるわけですよ、ねえ」

ため息をつき、ふたたびジョッキに手を伸ばす。

「私ね、結構自信あったんですよ、健康には。うちはほら、真平のこともあったし、私が親代わりみたいなところもあったので、若いころから健康診断には欠かさず通ってましして」

「……そっか」

「ええ。初めてですよ。こんなにいろいろ言われたの」

「なんかすみません。納得できないですよね。私みたいなのがなんの問題もなくて、長倉和平のように、人畜無害、無印人間、散歩と牛乳欠かしません！みたいな人がねえ」

「なんですか、その勝ったみたいな顔」

「いやいやいや、まぁまぁまぁ」

千明は空いたジョッキをかかげ、ふたり分のお代わりを頼む。

「でも私、思うんですよ。私よりね、あなたのほうがストレス多いんじゃないかなって」

「そうですか？」

「はい。だって私はイヤなことはイヤだって言いますしね。やらされるストレスはあっても、溜め込んではいないですもん。それにほら、私たち、よく言い合いするじゃないですか」

「ええ」

「あれも、ほとんどの場合、私の勝ちで終わるわけだし、負けてばっかりで大変だな、みたいな」

「何を言ってるんですか。一体いつ私が負けたんですか？　記憶にまったくないんですけど」

「ボケました？　言われました？　そういうふうに」

「言われませんよ」

ムッとする和平に、千明は笑う。

「いや、私ね、さっき思ったんですよ。病院出て、この店来るまでの間、鎌倉歩いてて」

「何をですか？」

「私が今、健康っていうか、いい感じなのは、鎌倉のおかげかなって。だって私、明らかによくなってますもん。鎌倉に引っ越す前より、体調」

「本当ですか？　そりゃスゴいな」

「鎌倉来て、歩くようになりましたし、海の匂い感じて。それに長倉家の隣に引っ越して、真平君のごはんを毎朝食べてるのもあると思うし」

「あ、それはありますよ」

「ですよね。何より、東京では完全にひとり暮らしでしたけど、家族みたいにしてもらって……こんな、なんでも言い合えるマブダチができて」

マブダチなんて言われたのは初めてで、和平はなんだか照れくさい。

「だから、鎌倉と長倉家のおかげです」

「いや、そんな……あ、でもうれしいです」

「まぁだから、心配なのは長倉和平ですよ」

「え？」

「みんなの痛みとか、つらさとか、わがままとかそういうのを全部吸収してさ、受け止めて、つまんないだの、優柔不断だの言われてさ」

「主にあなたですよ、言ってるの」

「そっか……ハハ。でも、受け止めすぎなんじゃないですか、いろいろ」と千明は探るように見つめる。黙ったままの和平に、「癒し系の薫子さんとはどうしました？」と水を向けた。

「あぁ……お断りしたんです。その……」

「セフレ」

「はい。私にはできませんと。わかりました……って、なんか悲しそうに帰っていきました」

「心配してるんだ？」

「え？　いや……かえって傷つけたっていうか」

どこまでも誠実な和平に、千明は笑ってしまう。「いや、彼女はね、いい子ですよ。でもね、もともと無茶なことを言ってるのは向こうなんだから、あなたが心配しなくていいんですよ」

「あ……ええ……まぁ」

「ほかには？　ほかにもあるんでしょ？」

「え？　あぁ……まぁ、なんだか妙なことには、なっているんですけど」

「なんすか？　言っちゃって、この際だから」

「はぁ」と和平は市長とのことを話しはじめた。話の途中で、すでに千明は笑っている。

「可愛いですね、市長。私、ちょっと好きだわ」

「まぁね。悪い人ではないです。面白い人です」

「また未亡人だ」

「え……あ……はい」

「やっぱり、鎌倉は多いんですかね？」

「いや、そんなことは」

「でも、わかる気がするな。鎌倉と長倉和平はさ、そういう大切な人を失った人とか、私みたいに大切な人を持ってない人とか……そういう寂しい人を吸い寄せるんですよ。みんな、やさしくされたいから……。あなたはね、吸い寄せちゃうんですよ、そういう人を」

「はぁ……」

「鎌倉と似てるんです、長倉和平は。やさしいんです……だからみんな、好きなんですよ。素敵だと思いますよ。鎌倉、長倉和平。必要なんだよ、世の中に。鎌倉も長倉和平も」

「……」

「まぁ名前も和平だし。反対にしたら平和ですし。あ、名字も鎌倉に似てるしね、長倉って。もういっそのこと鎌倉平和って名前にしたらどうですか？」

「鎌倉平和？　なんですか、それ」と和平は苦笑する。

「でも、たまには自分のことで悩んでください。誰のことでもない、自分のことでね。今日の結果は神様がそう言ってるんですよ、きっと。もうちょっと自分のことを大切にしろってね」

「……」

「で、元気で長生きしてくださいよ。寂しいですから、先に死なれたら」

「……わかってますよ」

「なら、いいです」

「次も一緒に行きましょうよ、人間ドック。逆転してみせますよ」

「やっとわかっていただけました？　人間ドックは戦いなんだってこと」

「いやいや、それは間違ってますけど……でも、次は負けません」

「いいですよ。受けて立ちますよ」

「ありがとうございます」

「ま、今日は飲みますか。次の人間ドックはまだまだ先だし」

「そうですね」

千明は店員に向かって、ジョッキをかかげる。

「あ、今日はおごりますんで。勝者の余裕」

「ムカつくねえ」

「悔しかったら血糖値で私に勝ってから言ってくださいねぇ」

「わかりましたよ。言っときますけど、中性脂肪値では絶対負けませんよ」

ふたりは顔を見合わせ、噴き出した。

「どんなジジババトークだよ、これ」


駅からの帰り道、酔いに身を任せ、軽い足どりで和平が歩いている。と、反対側から真平がやってくるのが見えた。和平に気づくと少し歩みを速め、近づいてくる。

「どうだった？　人間ドック。あ、千明は一緒じゃないんだ」

「あぁ、終わって軽く飲んだんだけど、いや、あの人は軽くじゃないな……。でも、仕事行ってくるっすってテレビ局に向かってったよ。タフだよなぁ」

「だね。ま、女の人のほうが基本タフだしね」

「だよなぁ……。あ、真平、すぐ帰る？」

「ん？　なんで？」

「いや、たまにはお前とふたりで飲んだりしたいなとか思ってさ」

「いいねえ。行こう行こう」

真平の行きつけのカフェバーに移動すると、和平は楽しそうに人間ドックでの千明とのやりとりを語りだす。

「ま、吉野さんの勝ちだな、今日のところは」と苦笑したあと、和平は不意に真顔になった。

「でもさ、真平……。イヤなもんだな」

「ん？」

「いや、一緒にしちゃいけないのかもしれないけど、お前と。検査終わって最後にさ、問診っていうのか？　パソコンでさ、俺のデータを見てる先生の前に座って……あれ、イヤだよな」

「うん」

「俺なんか、先生の表情がちょっとこう、ん？……みたいになっただけで、あ、俺、まずいのかと思っちゃってさ、頭のなかでいろんなこと考えたよ。あんな気持ちを、お前は子どものころからずっと味わってきたんだよな。すごいな、お前は。……尊敬するよ、俺は」

「そうだよ」とわざとらしくふんぞりかえる真平に、和平は笑った。「あ、でもさ、兄貴。今朝検査は予防するために行くんだって言ってたじゃん。それは正しいと思うんだけど、俺は最近、こう思って検査に行くようにしてる。今生きてるんだなぁって実感して、また明日から頑張るためにって」

「……へぇ、なるほどね。そうだな」

「自分の未来を信じろって千明に言われたしね」

「相変わらず男前なこと言うねぇ」

「だね」と真平は笑顔で頷く。「兄貴、しっかりしてよ。まだまだ頼りにしてんだから」

「俺に頼るなよ。お前には素敵な伴侶ができたんだから」

「だって子どもができたらいろいろ教えてもらわないとさ。兄貴は俺の親代わりだし」

「親代わりかぁ……」

ふと、幼かったころの真平の姿を思い出す。こうして一緒に酒を飲んでいるのがなんだか不思議な気がしてくる。もしかしたら、真平と酒を酌み交わすことなどないかもしれないと覚悟したこともあったから……。

「たまにはいいね、こういうのも」

「そうだな」と和平は感慨深く頷いた。


午前の勤務を終えた和平が一階に下りると、ロビーに薫子の姿があった。用事をすませ、帰るところのようだ。和平に気づくと、「お、長倉ぁ」と笑顔になる。

「ここでお仕事されてるんですねぇ」

整然としたなかで、テキパキと各自が自分の仕事をこなしている。役所を見回す薫子に、「地味でしょ?」と和平が言う。

「いいですよ。誠実な感じがします」

「そうですか? あ、もしよろしかったらお昼どうですか?」

薫子の顔にふわっと笑みが広がった。「はい」

どこの店も混んでいたので、屋台で買ったホットドッグを公園のベンチで食べることにした。

「楽しいですねぇ」食べ終わった薫子が、噴水を見ながらつぶやく。

「……あ、例の件……すみませんでした」

「いいえ」と首を振り、薫子は苦笑してみせる。「なんかあれですよね、バカみたいですよね、私」

「いえ……お気持ちはっていうか、例の件は理解できないですけど……大人はみんな、寂しいですから。なんとか自分の人生を楽しくしたいって……みんな思ってます。私も含めて」

「……はい」

「原田さん、もう恋はしないっておっしゃってましたよね？　つらい経験をして、もう男はイヤだと思ってるんでしょうけど……正直言うと、それってまだまだ若いなぁって思います」

「……そうですか？」

「私は恋したいですよ。でも、したくてもうまくできないっていうか、恋する時間も限られてますし。でも原田さんは、まだお若いんだから……恋することをあきらめないでほしいんです。ちゃんと人生を楽しんでもらいたい。その上で、私は、あなたの友達として、その恋を応援したい。そう思うんです。原田さんは先日、友達からは恋に発展することが多いとおっしゃってましたけど、私はあまりそうは思わないんです。本当に友情を抱いている異性とは、その関係を大事にしたいから……なかなかそうはなれないと思うんですよ」

「そういうもんなんでしょうか？」

「え？」とこちらを向く和平を、薫子はじっと見つめる。

「私は、長倉さんを……好きになりそうだから言ってるんです」

戸惑う和平を見て、薫子はハッとなる。頭を下げ、立ち去ろうとする薫子に、和平は言った。

「先のことはわかりませんが……もし万が一、あなたが本当に私を好きになってくださるとしたら……そのときは、あなたにきちんと失恋していただきます」

「え？」

「恋愛にはならない友達」

意外な言葉に、薫子はうまく返事ができない。

「友達は、ずっと友達ですよ」

「長倉さん……」

「そうだろ？　原田！」

呼び捨てにされた瞬間、薫子の目に涙があふれてきた。

「泣くんじゃねえよ、原田」

「……うるせえよ、長倉」

涙がどうにも止まらなくて、薫子はクルッと背を向ける。

「サンキューな、長倉……」

全身をマントで覆い、顔だけを出した格好の千明、祥子、啓子の三人が隣り合って座っている。エステサロンでよもぎ蒸しを受けているのだ。むせるような薬草の香りのなか、汗だくの啓子が突然、衝撃の告白をした。名古屋の系列会社への異動が決まったというのだ。

「出版業界は今、結構厳しくてさ、いろんな人がいろんな責任をとらされてるんだよね。私だけじゃない……だから文句も言えないしね」

「それはうちも同じようなもんだけど」と祥子が言い、千明も頷く。

「なんかさ、思ったよ。私たち、おばあちゃんになるころにはさ、本なんか読まないし、テレビなんか見ないし、ＣＤなんか売れない時代になっちゃうのかもね」

よもぎに蒸されながら、三人は我が業界の暗い行く末にため息をつく。

「東京から離れるのかぁ」

あらためて啓子が実感の薄いつぶやきを漏らす。すぐにふたりが、名古屋なんて新幹線であっという間だよとなぐさめるが、啓子は首を横に振った。

「東京はさ、近いか遠いかじゃないんだよ。そこにいるかいないかなんだよ」

「啓子……」

「へへ、ごめん……だったら辞めますってのどまで出かかったんだけどさ、辞めても行くとこないんだよ、私……だから行くしかないんだ。ごめんね、ずっと一緒にいられなくて……ごめんね」

泣きだしてしまった啓子の肩を、「何言ってんのよ」と千明がやさしく抱く。祥子は啓子の両手を強く握りしめた。啓子の思いが伝わってきて、ふたりの涙腺も崩壊する。

「ていうか、よもぎくさい！　草だんごか、私たちは」

千明のうまいツッコミに、心の汗で顔をぐしゃぐしゃにしながら、三人は笑った。

「旦那、楽しそうだね、仕事」

忙しく働くスタッフの輪を抜けて、ベビーシッター部屋を訪れた千明が典子に話しかける。

「そうなのよ。今日はオーディションとか言って、出かけてった。ムカつくわ、なんか」

「で、負けずに頑張ろうっていう感じだ」と千明はテーブルに置かれた保育士講座の本をとる。ベビーシッター業の評判に気をよくした典子は、本格的に保育士の資格をとるべく勉強を始めていたのだ。

「もう遅いかね、この年じゃ……こないだ講習会に行ったら、十代と二十代だけ」

「いいじゃん。カッコいいじゃん。まだまだイケるっしょ」

「私もそう思う」

「思うのかよ」と千明は笑った。そのとき、仕切りの向こうから武田が自分を呼ぶ声が聞こえてきて、「じゃね」と千明は部屋を出た。

武田の話は結構深刻なものだった。ヒロインの家として使う予定だった一軒家が、近隣からのクレームで借りられなくなったというのだ。クランクインは間近に迫っており、早急に代わりの家を探さなければならない。

「じゃ、設定も変えなきゃダメですかね」とハルカは眉根を寄せる。「井の頭公園駅っていう小さな駅で降りて、公園のなかを通って家に帰るっていうのがいいんですけどねぇ」

「そうですよね」と飯田も同意する。「小さな駅の改札でしょっちゅう会うのがいいんですよ」

「おっしゃるとおりです。今、いろいろ探してるんですが、なかなか」と武田も苦い顔をする。

小さな駅の改札でしょっちゅう会う……なんか、似たようなシチュエーションを知っているような……記憶を巻き戻すとすぐにハッと気がついた。

「あ……」

声を上げた千明に、「思い当たる場所あるんですか?」とハルカが食いつく。

「え? あ、えっと……ないです。ないない」

そのとき台本を読み返していた万理子が「は!」と顔を上げた。

「万理子、ダメ!」

あわてて千明が止めるが、遅かった。

「公園を神社に変えますと、思い当たるところが」

「いいじゃないですか、神社。うん、悪くない」とハルカの顔が輝く。

「はい。近所に小さな駅もございます」

みんなが一斉に、どこなのか訊ねる。万理子が千明をそっとうかがうと、あきらめたように千明が言った。

「鎌倉だね。で、ロケは私んち」

千明の家ならなんの気兼ねもなく撮影できるし、予算的にも大助かりだとスタッフ一同は盛り上がる。千明はまいったなぁと頭を抱えたが、ドラマのためなら仕方がない。

「鎌倉市役所観光推進課に頭を下げに行きますか!」

観光推進課を訪れた千明から話を聞いた和平は、撮影に協力するのは問題ないのだが……とチラリと奥のソファを見る。「ただ、ひとつ問題がありまして……」

和平の視線を追った千明が訊ねる。「あそこで台本を読んでいらっしゃる方は……？」

「市長です。台本を読んでから決めたいと……」

「あぁ、なるほど……」

千明が不安げに見ていると、無表情にページをめくっていた市長の目が不意に見開かれた。

え？　何？　なんかまずい表現あった？

が、次の瞬間、市長は思い切り噴き出した。唖然とするみんなに、咳払いをし、「失礼」とふたたび台本を読み始める。無表情に戻った市長だったが、読み進むうちに次第に顔がゆがんでいき、やがて鼻をすすりだした。最後はうっすらと目に涙を浮かべ、台本を閉じた。

和平が差し出すハンカチで目元をぬぐい、市長は千明に言った。

「いいお話ですね」

「ありがとうございます！　市長」

「よかったですね、千明さん」と同席していた知美も喜ぶ。しかし……、

「まだ許可するとは言っておりません」

市長の言葉に、和平が訊ねる。「何か問題でも？」
「何かあればおっしゃっていただければ」と千明も必死だ。
「ふたつほど、条件がございます。このドラマ……ハッピーエンドにしてくださ
い」
「え？」と千明は固まった。
「ハッピーエンドでない恋愛ものを、私は認めません。どっちともとれるような、
視聴者の判断にゆだねる最終回がありますが、あれは嫌いです。私はゆだねられた
くない。いかがですか？」
「あ、もちろんです。もう大ハッピーエンドをお約束します」
「そうですか。でも、もうひとつ」
そう言ってから、市長は和平を呼び寄せ、何やらコソコソ話しだす。スケジュー
ルを調整し、ゲスト出演も視野に入れて、ドラマの撮影を見学させろというのだ。
「いやいや……ハハハ」
和平は千明に向かって困り顔でOKサインを出すのだった。
局へと戻る千明を、和平は役所の前まで見送りに出た。
「本当にありがとうございます。ちょっと、家の前バタバタさせちゃうかもしれま

せんけど」

「いえいえ。妹たちが関わってるドラマでもありますしね」

「市長、あれですね、なんか可愛いですね」

苦笑しつつも和平は頷く。「素敵な人です……あ、すみません。なんかわかりにくくて。それに、かえってご迷惑っていうか」

「いえいえ。大丈夫です。ちゃんと考えますので。……なんかうれしかったです。笑ったり泣いたりしてもらえて、自信になりました」

「そうですか……。お好きみたいです、映画とかドラマとか、恋愛ものが」

「可愛い」

「……でも、ご自宅で撮影するって大変じゃないですか？　前だけじゃなく中もでしょ」

「はい……大変です。なので私は、宿探しです。中を撮影用に動かすことになりますし、いちいち元に戻すのもあれなんで……連ドラだから長丁場ですしね。どっか借りたほうが楽なので」

「ウチにいらっしゃれば、いいじゃないですか」

当たり前のように言われ、千明は驚く。

「借りるなんてもったいないし、それに水くさいですよ。ウチに泊まればいいじゃないですか」

「いや、でも長いですし、泊まるっていうより暮らすみたいな感じになっちゃいますよ」

「じゃ一緒に暮らしましょうよ」

絶句する千明に、和平が言った。「どうしました?」

「あ、いえ……ありがとうございます。ハハ、うれしいです」

「じゃあ頑張ってください。お気をつけて」

「はい。本当にありがとうございました」

和平に頭を下げ、千明は歩きだす。少し進んだところで振り返ると、役所に入っていく和平の背中が見えた。千明の口元が自然にゆるむ。

「……一緒に暮らしましょうって……一番言われたかった言葉なんですけど……」

まぁ、意味は違うけどね。

それでもなんだか心が弾んで、千明はスキップでもするような軽やかな足どりで駅に向かった。


徹夜明けの千明と万理子がゾンビのような足どりで家の前の路地に入ると、海岸から戻ってきた和平と鉢合わせた。桜貝の瓶を持った和平が千明に訊ねる。「今、お帰りですか？」

「ええ。朝ごはん食べて寝ようと」

「あぁ、そうですか」

そこに典子が自転車でやってきた。みんなはそろって、長倉家へと入っていく。

「あ、いいのありました？」

スクランブルエッグを食べながら、思い出したように千明が和平に訊ねる。

「何がですか？」

「桜貝。探してらしたんですよね」

「あ……ええ。まぁまぁですかね、今朝は」

「たしか奥様が集めてたんですよね。でも、なぜ集めていたのかはわからない」

「はい」

ふたりの会話に典子が怪訝な顔になる。「お兄ちゃん、知らないの？　私、知ってるけど」

聞き捨てならない発言に、「なんだよ、それ」と和平の腰が思わず浮き上がる。

「なんで典姉、知ってるの？」と真平も不思議そうに訊ねる。

「なんでって……言ってたもん、私に」

「お前、俺が今までずっとさ、どんな気持ちで……」と和平は脱力してしまう。

「なんで教えてくれないんだよ」

「ごめん。だって聞かれなかったから」

「典姉は、お兄ちゃんがお義姉《ねえ》さんがなぜ桜貝を集めていたかということをずっと考えているということを知らなかったのではないかと」

「そうよ」と典子は万理子に頷いた。「みんな、知ってるのかと思ってた」

今までの行為が徒労に思えて呆然としている和平に代わって、えりなが訊ねた。

「で、なんなの？　典姉」

典子は一度、席を立ち、外に出るとカフェ『ながくら』の看板やメニュー表を持って戻ってきた。

「表の看板とかメニュー表を見ててね、なんか鎌倉っぽく桜貝とか使って可愛らしくデザインできたらいいんじゃないかって考えてたみたいで」

たしかに、飾り気のない木製の看板とメニュー表をピンク色の桜貝で彩れば、ぐっと華やかに可愛らしくなりそうだ。

「……そういうことだったのか」と和平は大きく息を吐き、ふっと微笑む。「あいつらしいな」

「ですね」

「だね」

万理子と真平も和平に頷く。

「……やりたいな、私」

看板とメニュー表を見ながら、えりながぽつりとつぶやく。亡き母がやり残したことなら、自分の手でその思いを叶えてあげたい。

えりなの気持ちはすぐにみんなに伝わった。

「うん、やっちゃおう。ね、兄貴」

「そうだな」と和平は頷き、千明を見た。「あ、吉野さんもここ、この辺りお願いします」

「え？　私も？」

「お願いします」と和平は微笑む。


「できた」

桜貝で飾られた看板とメニュー表を前に、えりながうれしそうに言った。

「……できたな」と和平も満足そうにつぶやく。

桜貝の飾りを感慨深げに眺めている和平の横顔を、千明がやさしい表情で見つめている。と、和平が千明のほうを向いて、言った。

「ありがとうございます。手伝っていただいて」

「あ、いえ……素敵なのができましたね」

「はい」

頷く和平の目の端がわずかに光っている。その横に並んだ長倉家のみんなも、それぞれが今はもういないやさしい女性を思い出しながら、桜貝の飾りを見ている。

千明はみんなから少し離れると、「みなさん！」と声をかけた。

「というわけで、明日からお世話になります！　よろしくお願いします！」

新たな家族を歓迎するかのように、長倉家のみんなは明るく微笑んだ。

最終話　二人で200歳へ!!　人生まだまだファンキーだ

早朝のまだ薄暗いリビングに、ジャージ姿の千明が足音を忍ばせて下りてくる。手には洗面道具と化粧ポーチ。みんなが寝ている間にメイクをすませてしまおうという算段だった。が、ここの家主は想像以上に早起きだった。

「！」

いきなり鉢合わせして、千明と和平は声も出ない。

「あ～、びっくりした……誰かと思いましたよ」

「すみません、なんか」

朝の挨拶をしようとして、千明はハッと気がついた。あわてて「見ないで」と顔を隠す。

「そんな、大丈夫ですよ」

「失礼な。大丈夫じゃないとは言ってませんよ。見ないでって言っただけです」

「いや、大丈夫っていうのは、深い意味じゃないですよ。今、一緒に暮らしてるわけですから。疲れるでしょ。動線的に、あなたがいる部屋から浴室までは、ここを通らないと行けないので、その度に見ないで見ないでってやってたら大変でしよ？」

「ありがとうございます。でも、男性のあなたに見られたくないじゃないですか、初日から」

「え……あ、それは……男性として扱っていただいて、どうもありがとうございます」

「あれですかね、結婚とかされてる方はこういうの乗り越えていくわけですよね。いやいや、やっぱ若いうちにするもんなのかな。すっぴん問題なしなころに。女もだんだんノーメイク、ノーライフみたいになってきますしね、ハハ」

「そんなこと大した問題じゃないし、私たちだってもうクリアしちゃってますよ。もう長年連れ添った夫婦みたいな感じですよ」

「え……なんでですか？」

「さっきから普通に顔隠すの忘れてるじゃないですか」

千明は「あ！」と手で顔を覆う。「……見～た～な～」

「きゃ～！」

乗っかっておびえた芝居をする和平に、千明は大口を開けて笑った。

いよいよドラマはクランクインである。真平は撮影現場のケータリングを依頼されているので朝から準備に忙しい。その隣で、えりなが自分たちの朝食作りを手伝っている。和平と万理子、そして支度を終えた千明も、「手伝いますよ」とキッチンに入ってきた。

慣れた手つきで卵を割り、フライパンに落とす千明を見て、和平が「へぇ」と感心する。

「へぇってなんですか」

「いや、卵とか割れるんですねえ」

「は？　なんだと思っててんですか。私だって料理くらいしますよ。てか、卵くらい割れますよ」

「俺食べたことある、千明の手料理。うまかったよ」

真平の証言に、どうだとばかりに千明は胸を張る。

「へぇ」

「なんなんですか、へぇへぇへぇへぇって」

「すみません。和平なんで」

「つまんねぇ」

そこに、「お待たせしましたー。ピザのお届けにまいりました」と典子が入ってきた。真っ赤な宅配ピザの制服姿に、みんなは目を見張る。

「新しいバイト?」と訊ねる千明に、「何言ってるのよ。撮影の衣装でしょうが」と典子。

ワケがわからない千明に、万理子が説明する。

「私も昨夜知ったのですが、私たちには秘密裏に典姉は監督に接触し、役をせしめたのです」

たしかに今日の撮影で宅配ピザ屋が来るシーンがあったなと千明は思い返す。

「でも、普通若い男でしょ」

「はい。そこを無理やり中年女性の配達員に、設定をねじ曲げたのでございます」

「だってさ、主役のさ、ハルキさん? タイプなのよ、私。向こうもそうみたいだし」

「向こうもってなんだよ。どういう根拠?」

「雑誌で言ってたもん。年上のやさしくて家庭的な女性が好きだって」

「年上しか合ってないだろ、それ」

千明のツッコミも、暴走している典子の耳には入ってこない。

「ていうかさ、好みのタイプのピザ屋さんが来てさ、それが恋に発展していくっていう展開はどうなの?」

「そうはなりませんし、そうするつもりは毛頭ございません」

「ていうか、あんたなんかドライブかかってない？　なんか怖いんだけど」

「旦那もなんだか戻ってきたわけだけどさ、それだけで終わる女じゃないのよ、私は」

「終われよ！」


朝食をとりながら、千明は不意にあることを思い出し、笑いだす。

「でも、あれですよね」と笑いながら話しはじめる千明に、和平が露骨にイヤな顔になる。

「なんですか？　あなたが、でもあれですよねって言いだすと、ろくな話じゃないんですけど」

「いや、お風呂ね、あのシャンプーのでっかいヤツに〝和〟って太い文字で書いてあったの、あれは和平専用ってことですか？」

えりなが顔をしかめて、頷く。

「いいじゃないですか、わかりやすくて」

「いや、いいですけどね。なんなんですかね、あの、これは俺専用だから絶対使うなっていう無言の圧力を感じたんですけど」

「わかります」と万理子が強く同意する。「決して触れてくれるなというオーラが浴室中に醸しだされております。ときどき、ふっと振り返ると、お兄ちゃんシャンプーがにらんでるような気がします」

「怖っ」と典子は震えてみせる。

「何をバカなこと言ってんだ」

「でもさ、俺、一度、自分の切れちゃって、兄貴のヤツを借りたんだけどさ。一回だけなのにさ、すぐわかったよ、兄貴。真平、俺のシャンプー使っただろって……怖くない？」

「怖くないよ、べつに」と和平はムッとする。

「量ってんですか？」

「量ってませんよ。でも、わかるんですよ。場所がズレてますしね。私はね、頭洗うときに髪の毛を濡らすでしょ、目を閉じて。その目を閉じた状態で、ぴゅっと出せる位置に置いておきたいんですよ。こう、ぴゅっと。それにぴゅっと出したあとに、こう、でろっと垂れたままになってるのがね、イヤなんですよ、私は。だから、使ってもいいんですけど、きちんと元の状態に戻していただけますかってことなんですよ。わかります？」

話の半分くらいで、千明は笑いの発作に襲われた。続けざまに万理子が、和平が詰め替え用シャンプーを容器に移す際の几帳面エピソードを披露すると、千明はたまらず腹を押さえた。

「お腹痛い、面白すぎ……なんて平和な朝なんだ」

千明の家で撮影が始まったころ、知美が長倉家に手伝いに訪れた。料理をする真平の隣で野菜を切っていると、「スタート！」という監督の大きな声が聞こえてきた。

「なんかなつかしいね」と知美は真平に顔を向ける。「ほら、前に千明さんのドラマを鎌倉で撮影したとき、八幡宮で……」

「あぁ。主役のふたりが来ないからとかで、俺と金太郎が代わりに恋人役やらされたんだよな」

「そうそう。あのころ、ケンカばっかしてたから、はぁ？　絶対イヤだ、こんなのとか言って」

「そうだったそうだった。でも、楽しかったよなぁ」

「うん。でもまさか、結婚することになるとはねぇ」

「本当だよな」

甘いムードで見つめ合っていたふたりだが、背後によどんだ空気を感じ、振り返る。典子がしらけた顔で腕組みをしていた。

「あのさ、幸せな人が楽しかったことを思い出しても面白くもなんともないって言ってるでしょう。なんかないの？　もめごとは？　なんか、もめろ」

「お義姉さんもよりが戻ったんですし」

「そうだよ。いいじゃん、より戻ったんだし」

そんなに荒れなくてもいいじゃないかと言うふたりに、典子は眉間のしわを深くする。

「よりが戻ったからって楽しくなんかないわよ。ていうか、よりって何？」

「よりっていうのはな」とここぞとばかりに和平が解説を始める。「糸をよるっていうだろ。ねじり合わせるみたいな意味だな。糸はさ、もともと蚕《かいこ》からとれて、一本一本はすごく細いから、束にしてさ、こう、よる。つまり、ねじると強くなるんだ。腕によりをかけるなんて言うだろ。で、よりを戻すとかよりが戻るっていうのは、ねじれていたもの、つまり関係が元に戻るっていう意味で使われるようになったわけだな」

「だから？」とつまらなさそうに典子に返され、和平はカチンとなる。

「だからってなんだよ。お前が聞くから教えてやったんだろうが」

「国語の先生か」

「いや、知美ちゃん、それツッコミになってないよね。普通にほめられてる感じするんだけど」

「すみません。幸せだとツッコミも弱くなるんですよねぇ」

「なんだそれ」

「兄貴さ、いいんだけど、手止めないでくれるかな？　兄貴、しゃべると手が止まるからさ」

「……わかったよ、わかりましたよ」と和平はケータリングの手伝いを再開する。

そこへ万理子が駆け込んできた。

「どうした、万理」

「いえ、何かを忘れているような気がするのですが、それが思い出せずという状態で」

万理子がそわそわしていると、隣から「万理子ちゃん、どこ？」と万理子を呼ぶ飯田の声がする。「はい！」と答え、万理子は脱兎のごとく戻っていく。

みんながぽかんと見送ると、入れ違うように薫子と蒼太がやってきた。

「こんにちは……やってますね、お隣」

「あ、そうなんです。すみません、バタバタで」

えりなはうれしそうに「蒼太、手伝って」とエプロンを投げる。「おう」と受け取った蒼太はそれをつけるとえりなの隣に並ぶ。またも仲のよいカップルの出現に、典子の顔が険しくなる。それを察した知美が蒼太に小声で忠告する。「イチャイチャすると怒られるからね」

「あ、はい」

持参したエプロンを身につけると、薫子も手伝いはじめる。実は主演俳優のファンで、と恥ずかしそうに告白する薫子に、典子は「ん?」となる。

「ヤバいじゃん、典姉。年上のやさしくて家庭的な人」と、真平が茶化す。

たしかにこの女、まんまそんなイメージだ。しかも、私よりちょっと若い……。

「なんかね、すごいイヤな奴らしいよ。偉そうで感じ悪いんだって。だからガッカリするみたい。実物は見ないほうがいいんだって」

典子の捏造を、「え〜、そうなんだぁ。なんだぁ」と薫子は素直に信じてしまう。

「だから、これで我慢しときなさい、ね」と典子は和平をさす。

「なんだよ、これって」

「あ、違いますよ。ここは友達です。恋愛にならない友達。な、長倉」

和平は苦笑しながら頑張ってなりきる。「まぁな、原田」

「あ、そうなんだ」とえりなが安堵の表情になる。蒼太も「よかったな」と微笑む。

「よかったの?」と薫子が意外そうにふたりを見る。

「だって、そちらのふたりが結婚とかしちゃったら、私と蒼太、兄妹になっちゃうから結婚できないじゃん」

「何を言ってんだ。そんなふうにはならないし、いつでもお前たちは結婚できる」

そう言って、和平は我に返った。「ん？　結婚？」

「できるよ、結婚」と笑顔で言う薫子に、和平はあわてる。

「いやいや、ちょっと待ってください。何を言ってるんですか。結婚って、まだ中学生」

「べつに今すぐって言ってるわけじゃないし、付き合うなら本気で付き合いたいんで、私」

「いや、それはいいことだと思うけど、でもさあ」

「じゃ、あれですか？　別れる前提で付き合えって言うんですか？」

「えりなの言うとおりだよね。優柔不断男の娘とは思えない」

「ですよね」と薫子も典子に頷く。「私はえりなちゃんが娘になってくれたらうれしいな。今すぐ結婚でも賛成」

そこに、「誰が結婚するって？」と入ってきたのは千明だ。テーブルに並べられた料理の数々を見て、「わ、すごいね」と感動の声を上げる。「で、誰が結婚？」

「えりなと蒼太」と典子が答える。

「へぇ、おめでとう！　やだ、お似合い！　おめでとうございます、お父さん」

「おめでとうございますってね、普通の大人はいないのか」

「千明さん、撮影見てきてもいい？」

「いいよ、えりな、見てきて。びっくりするよ。私の部屋が全然違うことになってて」

「え〜、行こう、蒼太」

「うん」と笑顔で千明に頭を下げ、蒼太はえりなと出ていった。

「まぁ、さわやか」ふたりを見送った千明は、和平に顔を向け、訊ねる。

「可愛いもんじゃないですか。私もあれくらいのころには好きな人と結婚したいって思ってたもんね。好きな人の名字に自分の名前つけて書いてみたりとかさ。富岡千明とかってね。ハハハ……富岡君、どうしてるかな？　転校しちゃってさ、泣いた泣いた。もう私は一生結婚しないって誓ったし……ん？　その誓いのせいなのか？」

千明の自虐トークに、みんなが笑う。

「ていうか」と千明は和平と薫子のふたりに言った。「そこはどうなったんでしたっけ？」

「あ、はい。セフレ却下で、お友達です」と薫子が答える。「でも、万が一のときは、失恋させていただけるそうです」

デリケートな部分まで素直に話す薫子に、和平は困ってしまう。

「あの、原田さんね、そういうのって、あんまり人に言うもんじゃないっていうか……ね」

「え？　女にそれは無理ですよ、長倉さん」

「そうだね、無理無理」と典子も頷く。畳みかけるように知美が言った。

「わかってないですねぇ、本当に」

袋叩きの和平に、千明も笑ってしまう。

「あ、それに、よく考えたら万が一もないかな、大丈夫かなって……なんか長倉さんって、友達向きですよね」

ダウン寸前だったところに決定打を浴び、和平はマットに沈んだ。

「友達向きって……ハハハ、わかる！」

大笑いの千明に、「ですよね」と薫子。

「あぁ、そうですか……なんなんだ、一体……なんのために俺は」

ぐちぐちと和平が文句を言いだす前に、薫子が千明に話を振った。

「吉野さんは結婚したりしないんですか？」

「私ですか？　いや、べつにしないって決めてるわけじゃないですよ。明日するかもしれないし、死ぬまでしないかもしれないし、今はしてないっていうそれだけのことです」

炊事、洗濯、掃除と家事も好きだしという千明の話に、和平は意外そうに「へぇ……」と何度も頷く。それを見て、不意に千明が戦闘モードに入った。

「さっきから、へぇへぇへぇへぇ、そんなに意外ですか？　私が結婚について語るのが」

「いやいや、そうじゃなくて」

「イヤになっちゃうね。こんだけ付き合ってててっていうか、いろいろ話してきても、私のことわかってないんですね」

「そういうことじゃないでしょう？　私はね、あなたのことを理解しようとしてきましたよ。今だってそうです。でも、結婚に関してはうかがったことなかったし、今聞いていて、なるほどと思っただけですよ。じゃ逆にうかがいますけど、私ね、妻と死別した五十二歳の男がね、結婚というもの、再婚についてどう思ってるか、あなたわかります？」

突然始まったバトルに、薫子は目を白黒させている。

「……わかりませんよ」と仏頂面で千明は答える。

「ほら、お互いさまじゃないですか。わからないのは」

「どう思ってるっていうんですか」

「したいですよ、心のどっかではね。もちろん、しなきゃ不幸だなんて思ってませんけど、このままひとりで生きていくのは寂しいし、一緒にいて楽しい人と暮らしていけたらと思いますよ」

「へぇ……」

「ほら、あなただって、へぇって言ったじゃないですか」

「すいませんでしたぁ！」

「いいえ！」

そのとき、薫子が素晴らしいことを思いついたかのように目を輝かせた。

「じゃあ、おふたりが結婚すればいいんじゃないですか？」

「はぁ？」

同時にふたりににらまれ、薫子はシュンとなる。

「……怖い」


昼休憩になり、役者陣や撮影スタッフが真平の自慢の料理を食べているとき、千明ら制作スタッフは『ながくら』で顔を突き合わせていた。武田のもとに、ヒロインの職業設定が他局のドラマとかぶっているから変えるようにという指示が部長から入ったのだ。

「やってらんないですよ。今さらひっくり返すなんて最悪ですよ」

いつになく激しく怒る武田をなだめながら、「アホ部長には確認したんだけどな」と千明もうんざり顔だ。「そんときは、向こうより面白きゃいいだろって言ってたからね……そのまた上から降ってきたのかな」

「ひどいですよね。上の人たちっていうか、あいつらバカですよ。現場のことなんて何も考えてないんだ。全部現場にしわ寄せかよ、冗談じゃない」

「たしかにね……」と千明はやるせないため息をつく。怒りが収まらない武田は食器を片づけていた和平にまで「どう思います？」と話しかける。

「え？　私ですか？」

ちょうどそのとき、市長が入ってきた。が、なんとなく重い空気に声がかけられず、入口のところで様子をうかがう。やがて和平が自分の考えを語りはじめた。

「いや……もちろん、今、武田さんが言ってたことは、ドラマのこととかわからない私にもずいぶん理不尽だなと思います。でもね……これは私も五十過ぎて、やっとわかってきたことなんですけど……最近、課長をふたつ兼務になってね、それで感じたのかもしれないんだけど、どこもね、どの場所も……現場なんだと思うんです。やってらんねえ、ふざけんな！　上のヤツら、殴ってやりたい……そんなふうに思うんだろうし、ま、私もそんなふうに思ってた。でもね、人が働く場所はどこも現場なんですよ。みなさんが働く撮影の現場も現場なら、その……めちゃくちゃなこと言ってくる部長さんの働く場もやっぱり現場。社長室だって、やっぱりそこも現場。それぞれの現場には、できることとできないことがあって、それぞれに、やってらんないなと思うことがあって、ふざけんなと思うことがあって……間違ってるかもしれないけど、やらなきゃいけないことがあって……会社や役所だけじゃなくてね、人が働いてる場所は全部そこが現場」

和平の話に市長は何度も頷く。千明の顔にはいつの間にか笑みが浮かんでいる。

「主婦の方だってそうです。同じようにやってらんないって思ったり、ふざけんなって思ったりね、みんなしてる。やっぱり、そこは現場。もちろん、そんなつらいことなんてない、上の上の上の世界はあるのかもしれない。下々の人間に働かせて、面白おかしく生きてるような人たちがいるのかもしれない。でも、そう見えるだけなのかもしれないし、たくさんの小さな現場を乗り越えて、そこに立ってると思うんです。……すみません、当たり前のことかもしれないけど、やっとそう思えるようになったんですよ」

かなわないなぁ……この人には……。

心地よい敗北感にひたりながら、千明は口を開いた。

「本当そうですよね。ごめんね、私ずっとアホ部長アホ部長言ってた。でも、私もあの人の立場になったら、吉野バカ部長って言われるかもしれないわけだ。すでに言われてるかもしれないですしね。毒吐かれる立場になって、ようやく気づくんですかね。あぁ、自分はこういう人たちの悪口言って生きてきたんだなって。ごめんね、みんな。そんな私が偉そうに言えることじゃないんだけどさ」

すっかり吹っ切った感じの千明に、和平は微笑む。

「だったらもう、いっそカッコよく働いてやるか」と千明は武田に目を向ける。

「何か無茶なこと言われたらさ、そちらはそちらで大変ですねって。お互い頑張りましょうって。こっちの現場は任せておいてください。会議室でも事件は起きてるんですよねって、言ってやろ」

「……はい」

「じゃ、監督たちに頭下げに行ってくる」

「いえ、僕にやらせてください。ちゃんと話してみます」

「まずは私たちでやってみます」

和平と千明の言葉に鼓舞され、武田と三井が名乗り出る。

「そっか」と千明は微笑んだ。部下の成長は、やっぱりうれしい。「じゃ、お願いします」

武田は頷き、和平に顔を向けた。「ありがとうございました」

「私も、ありがとうございました」と千明。

ふたりに頭を下げられ、和平は恐縮してしまう。

武田がスタッフみんなを引き連れ現場に戻ると、千明は万理子を呼び、直しの打ち合わせに入る。幸運にも今日はハルカが現場に見学に来る予定になっている。彼女に設定変更を納得してもらい、かつ、この現場で新たな設定を考えてもらわなければならない。

かなりの難題に、千明が腕を組んだとき、どこからか鼻をすすりあげる音が聞こえてきた。

「市長!」

和平の声に振り向くと、市長は目頭を押さえながらこちらに歩いてくる。

「いいお話でした……」

「あ、市長、本日はよろしくお願いします」

「いえいえ。セリフは『こんにちは』でしたね」

「はい!」

「台本熟読させていただきました。泣きました。素敵な恋のお話でした。私はヒロインより二番手の女性に感情移入してしまいました。実ることのない片想い……切ないです。私も現在片想い中なものですから」

そう言って、市長は「あっ」と口を押さえ、和平をうかがう。和平は天を仰ぎ、目を閉じた。

「長倉さん、申し訳ありません。女性は恋する気持ちを内緒にすることはできない生き物のようです」

そのとき、万理子が突然手をあげた。「私、市長に激しく共感いたします」

「え？」

「あ、妹です」と和平が市長に紹介する。

「実は私も絶対に成就することのない片想いをしておりまして、この方に」と千明を示す。

驚く市長に、千明が照れながら言った。「はい、されてます、ハハ」

「ですから、その状態でいられることに感じる幸せ、非常によくわかります。たとえ恋が成就することはなくても、好きな方のそばで生きているということは幸せなことでございます。ですから、お兄ちゃんはぜひ、ずっと優柔不断男のままでいていただきたい」

「え……」

「たとえ片想いでも恋は恋です。そして、恋は人生に彩りを与えてくれます。もちろん、片想いの方のそばにいる切なさというものはございまして、私はそれでも幸せになれるのですが、その方を幸せにすることはできない。それはとても切ない感情でございます。しかし、切なくない恋などあるのでしょうか？　そう考えると永遠の片想いは、ずっと恋の醍醐味を体感できることになるのです、市長」

「ありがとう……そうですね。ありがとう……」

市長に頷く万理子に、「ひとつだけ間違ってる」と千明が言った。「たとえ、その恋に応えることはできなくても、誰かに愛されてるということは力をくれるんだよ。だから、万理子は私を幸せにしてくれてる……そうですよね、長倉和平さん」

「……そうですね」と和平は微笑む。

万理子は感動に目をうるませる。「千明さん……」

市長も涙ぐみながら、言った。「私、決めました。次の選挙も立候補いたします。そして、長倉さんに、ずっと秘書をやってもらいます」

「え……あ……光栄でございます、市長」

兼務が続くのは大変だが、この人のそばで働けるのは、それはそれで楽しいかもしれない……そう思う和平だった。

エキストラとしての出番を終えた典子が脱力したように『ながくら』のソファに座っている。メモらしきものを手に、「ふふん」と笑みを浮かべるのが少し不気味だ。そこに真平と知美が何やら言い争いながら戻ってきた。真平が天使キャラ全開で、女性スタッフや女優陣のハートをわしづかみにしたと知美が怒っているのだ。

「なんでか知らないけど、私のことはバイトの女の子だとみんな思ってるし。真平が金太郎とか呼ぶから、バイトの金太郎さんとか呼ばれるし。なんだよ、バイトの金太郎さんって」

「おぉ、いいねいいね。もっとやれ、もっともめろ」

典子の野次に、知美がキッとなる。

「勘弁してよ、典姉」

「まぁでも、そのあと、俺の奥さんですって紹介してくれたからいいんですけど」

「当たり前。俺は金太郎専用の天使だからね」

「何よもう」

甘い新婚モードに切り替わったふたりに、「つまんねぇ」と典子は舌打ち。

「ごめんねぇ。今日、広行さんは？」

「なんかオーディションの最終だって。あとで顔出すって言ってた」

「なんのオーディションなんですか？」と知美が訊ねる。

「よくわかんないけど、映画のオーディションらしいよ。初老の痩せてて枯れてて死にそうな男なんだって」

「ぴったりじゃないですか。あ、ごめんなさい」

「いいわよ。ホントはまり役だね」

「でもさ、あれだね」と真平が微笑む。「人間、生きてさえいればさ、人生何が起こるかわかんないよね。面白いよね、本当に」

「本当だね」と典子も弟に笑みを返す。

真平が死ではなく、生に向き合うようになってくれたことが、典子にはうれしかった。


『ながくら』に到着するなり千明から設定変更の話を聞かされ、ハルカの機嫌が一気に悪くなる。

「せっかく差し入れ持ってきたのに、なんなんですか。今からヒロインの設定変えるなんて、めちゃくちゃすぎますよ」

「ごめんなさい。本当にごめんなさい」と千明はハルカに深々と頭を下げる。そんな千明の様子を和平がじっと見つめている。

「すいません。私の力ではどうにもならないんです。でも、でもね、ハルカ先生。負けたくないんです。むちゃくちゃだけど、そんなのこのチームなら軽くクリアして、逆にさらに面白くしてやりたいって思うんです。そのためにはハルカ先生の力が必要なんです。お願いします」

千明の隣で万理子も頭を下げる。ハルカは不意に、寿司、フレンチ、中華の高級店の名前を挙げ、「ここら辺で手を打ってあげます」とニッコリ。

「了解。任せてください」

「ちょっと待ってくださいね」

千明に笑顔で頷くと、ハルカは台本を広げた。すぐにプロの顔になり、ペンで書き込みをしていく。

「千明さん、ヒロインの職業変えるなら、彼のほうも変えませんか？」

「いいですね！　思いきってね」

ハルカの提案に千明も笑顔になる。

「あの、ヒロインは雑誌の編集というのはどうでしょうか？」

「あ、じゃあ彼氏はミュージシャンとかどう？」

万理子と千明が次々にアイデアを口にし、ハルカも同意する。

「いいかも。でも急に準備とか大丈夫ですか？」

「うん、ちょっとあたってみる。じゃ、万理子、これ現場に伝えて」

バタバタと千明と万理子が出ていき、和平はハルカとふたりきりになってしまった。典子はテラスでハルカの息子たちの面倒をみている。ハルカは和平をじっと見て、言った。

「なんか似てますね。えっと、なんだっけ……」

「あ、大丈夫です。思い出さなくても」

「あ、なんか置物！　実家の居間にある」と噴き出す。

「ハハ」

そこにぼんやりと翔が入ってきた。今日の夕食はこっちで食べるようにと典子からメールが届いたという。

「あいつ、何勝手に決めてんだよ」と和平が口をとがらせたとき、ものすごい形相で万理子が戻ってきた。派手な足音に、何ごとかとキッチンやテラスにいた者たちも集まってくる。みんなが啞然とするなか、万理子は脇目もふらず二階へと駆け上がり、自室に飛び込む。

「ねえ、万理子来なかった？　なんかすごいスピードで出ていったんだけど」

捜しにきた千明に、真平が上を指さす。

また引きこもりかとみんなが心配したとき、上がるときと同じ勢いで万理子が階段を下りてきた。明らかにパニック状態になっている。

「なんということでございましょう。私としたことが」

大げさに嘆き悲しむその手には大判の封書。ハルカが「あ」と気がついた。

「万理子ちゃん、それ新人シナリオコンクールの？」

「はい」と万理子が弱々しく頷く。「本日まで消印有効なのですが。千明さん、この脚本は女性に恋する女の子の片想いを描いたものなのですが、私、どうしても最後のセリフが思い浮かばず、そこだけ空白のまま放置してしまっており……」

そこまで言って、万理子はハッと顔を上げた。

「そうだ！　先ほど、私がいただいた言葉を使ってもよろしいでしょうか？」

「え？　いや、いいけど、なんて言ったんだっけ？」

「ありがとうございます！」

万理子は封筒から原稿を取り出すと、最後の一枚をテーブルに載せた。たしかに最後のセリフだけが空白になっている。

「そこだけ手書きで」とハルカは自分のペンを差し出した。

「おぉ、先輩の魔法のペン。勇気百倍であります！」

万理子はありがたく受け取り、原稿にペンを走らせる。

『誰かに愛されてるということは力をくれるんだよ。だから、ありがとう』――。

「できました」

「やったね」と千明は万理子の肩をポンと叩く。しかし、時計を見た万理子は天を仰ぐ。

「なんということだ。神は我を見捨てるおつもりか！　郵便局の本日付けの受け付け締め切りまで、あと二分しかありません！」

そのとき、典子が「翔！　陸上部！」と叫んだ。翔は頷き、「万理姉、任せろ！」と原稿と封筒をひったくるように取って、駆け出した。

「行け！　翔！」

みんなの声援を背に、翔は家を飛び出していく。

万理子は達成感に頬を紅潮させ、みんなを振り向いた。

「たとえ間に合わないにしても、私は幸せ者でございます。みな様、ありがとうございます」

「書いてたんだね、万理子」

「……はい」と万理子は千明を強く見つめる。この作品は、千明へのラブレターでもあるのだ。

「仮に入選いたしましたら、吉野千明様にプロデュースしていただきたいと決めておりました」

「そうだったね。楽しみにしてるよ」

万理子は、自分の脚本を千明と一緒に映像化していく未来を思い描き、胸が熱くなる。脚本は書き上げたときが完成ではない。俳優、スタッフ、そのほか大勢の人たちの力でひとつの作品となったときに、初めて完成するのだ。

　メールの着信音に、典子はポケットから携帯を取り出し、画面を見た。

「あ、翔からメール！……消印ゲット！」

「速っ！」

　万理子の周りにみんなが集まり、まるで入選したかのように祝福する。

「ありがとうございます！　まだ投函しただけですが、ありがとうございます！」

　数時間後、『ながくら』を啓子と祥子が訪れていた。啓子は出版社に勤めるヒロイン用の小道具を、祥子はミュージシャンの彼氏用の楽器や服を持ってきてくれたのだ。

「ホントありがとう。急にごめんね。助かった。涙出るよ、マジで。ホント恩に着る」

　頭を下げて感謝する千明に、啓子と祥子は微笑んだ。

「何言ってんの。大丈夫だよ、これくらい」

「そうそう。友達じゃん」

　三井と万理子がふたりからものを受け取り、現場へと戻る。

「ていうかさ、祥子、よくあんなすぐそろえられたね」

「あぁ、ウチから持ってきただけだから」と千明に答え、祥子はハッとする。

「へぇ……あの男物の服は、同棲中の若いミュージシャンのものというわけですか」

「ハハハハハ、まぁね……どうなるかわかんないけど、なんか向こうは本気みたいで、ハハハ」

「おやおや。ねぇ、啓子が名古屋でひとりで頑張ろうっていうときにさぁ」

「ん？」と啓子の目が泳ぐ。

「んって何？　なんかあんの？」

「いや……名古屋に引っ越すけど誰か知り合いいないかなと思ってフェイスブックに書いたらさ、なんと昔付き合ってた男が今、名古屋で。今、独身でさ、いい部屋がみつかるまで、俺んとこ部屋空いてるよとか言ってきてさぁ」

「何それ何それ？　今は働く独身女三人のいいシーンだったんじゃないですかぁ？」

「だってさぁ」と啓子と祥子が同時に口を開く。

「何が、だってさぁだよ」

本当だったらお酒でも飲みながらふたりを問い詰めたいところだが、残念ながらまだ仕事中だ。仕方がないので、千明は和平がいれてくれたコーヒーをかかげた。

「はい、乾杯」

「乾杯！　千明、頑張れ」

「うっせー」


長倉家の面々がみんなで夕食の準備をしていると、千明の家から「お疲れさまでした！」という声が聞こえてきた。どうやら今日の撮影は終了したようだ。

しばらくすると、千明と万理子が「ただいまぁ」と帰ってきた。食卓に勢ぞろいしたみんなに「お帰りなさい」と迎えられ、千明はなんだかうれしくなる。

「じゃ、今日も一日、無事に過ごせてよかった……お疲れさまでした」

和平の音頭で乾杯し、千明は一気にビールを流し込む。

「く〜〜〜〜〜〜」

あまりにも幸せそうに飲む千明に、みんなが笑う。

「あ、翔殿……本当にありがとうございました！　あなたは私のなかで飛脚の神に認定されました。一生ご恩は忘れません」

万理子ワールド全開の感謝の言葉に、翔はちょっと戸惑う。

「あんた、短い時間でいい仕事したねぇ」

「まぁな。誰かさんと違って無駄にじたばたすんの嫌いなんで」

母親をチクリと皮肉り、翔は食事に戻る。

そこに秀子がやってきた。入るなり、奇妙なダンスを舞いはじめ、一同は呆然となる。ひとしきり踊って、「どうもぉ」と挨拶。目が点のみんなに「あれ？」と首をかしげる。

「なんか私の登場、バッドタイミング？　ひょっとして計算外？」

「そんなことないですよ」と真平が席をつくる。「いいから座って、座って」

席に着いた秀子は、みんなを見回し、言った。「なんかいいですねぇ、こういうの」

「そうだね」と知美も頷く。

「何が？」と訊ねる真平に、秀子が言った。

「ウチはほら、ずっとふたりだったじゃないですか。こういう感じの大家族に憧れてて、ね？」

「うん」と知美があとに続く。「隣の家がね、大家族だったんです。で、いっつも笑い声とか聞こえてきて……ふたりで負けたくないねって、大きな声出して。大したことじゃなくても大きな声で笑おうねって」

「そうしたらもうなんだかヘンなテンションの家になっちゃって」

「へえ」

「だからよかったね、長倉家と家族になって、ね」

「うん。だね」と知美は秀子と微笑み合う。

「で、なんか私も、こういうヘンなテンションの人になってしまいました」

期待したフォローは何もない。黙ったままの一同に秀子は言った。

「今、納得しましたね、みなさん」

食卓は爆笑に包まれる。笑いの波が収まると、和平がしみじみと言った。

「でも、よかった」

「何がですか?」と千明が訊ねる。

「この家ね……父と母が建てたものなんですけど、父が大きなリビングにこだわって作ったらしいんです。お泊まりになってわかると思うんですけど、ウチはそれぞれの部屋は決して広くないんですよ。でも、ここだけは広い」

「ええ」

「それがいいんだっていうのが父の考えで……家族が、そして家族じゃない人たちも集まって、家族みたいに常にワイワイやってる場所っていうのが、父の理想だったんです」

「へえ……」

「忘れられない思い出があってさ、俺……俺がまだ小さいころ、夜中に起きたんだろうな……たしかその日は友達とか近所の人たちが来て、食事とかしてた夜で……そしたらさ、父さんと母さんが……そこのソファでさ、座ったまま眠ってたんだ……こうふたりでさ、寄りかかるみたいにしてな……ただそれだけのことなんだけど……寄り添って……なんかふたりとも笑ってるみたいでさ……幼いながらに、俺にはすごく幸せそうに見えたんだ……」

みんなはソファを見ながら、幸せな夫婦を頭のなかに思い描く。

「そして、今、カフェとかやれて、吉野さんとかに来ていただいて、こんなふうになれて……だから、よかった」

「……いやいや、そんな」

しんみりした空気をやぶるように、テラスから猫が入ってきた。千明の家の縁側でよく日向ぼっこをしている野良である。千明が抱き上げ、のどをなでると気持ちよさそうな声で鳴く。

その様子を見ていた和平が、ふたたび口を開いた。

「もうみんな大人になったし話そうかな」

意味深な言葉に、みんなが和平に注目する。

「手放そうと思ったことがあったんだ、この家」

典子、真平、万理子は驚き、顔を見合わせる。

「この家をさ、残してくれたから俺たちきょうだいは住むところがあってさ、ありがたかったけど……やっぱり苦しいときがあってな。いろいろ考えてくれる人がいたんだ……ここを売って、きょうだい四人で暮らすくらいの小さな家を買ってさ、残ったお金は貯金したほうがいいんじゃないか。もしくは借金して、ここを建て替えてアパートにして、その収入を得ることを考えたほうが楽になるんじゃないかってな。……ある日さ、そうしようかなってひとりで悩んでたら、ガキのころによくエサやってた野良猫が庭に来たんだよ。この家、壊したりしたら、この猫も来れなくなるのかなと思ってさ……それで手放すのをやめた」

「お兄ちゃん……」

「さすが兄貴」

「感謝でございます」

典子、真平、万理子が口々に言う。

翔にそんなことを言われ、和平は照れる。

「俺、伯父さん、目標にするわ」

「ちょっと目標としちゃハードル低すぎない？」

「実現性のない目標は持たないの、俺は」

典子と翔の会話で場が少しなごんだとき、ぼそっとえりなが言った。

「あの……タイムマシンで過去に行って、そのころの長倉和平をほめてあげたいです」

「えりな……」

不意打ちに、和平の涙腺が一気にゆるむ。娘からの言葉に感動し、涙ぐむ和平の姿を見て、典子が思い切り噴き出した。つられて千明たちも笑いだす。

「何がおかしいんですか！」

怒りながらも、和平も笑ってしまう。

幸せな家族の笑顔に包まれながら、千明はふと思う。

人が大人になるということは、それだけ多くの選択をしてきたということだ。

何かを選ぶということは、その分、違う何かを失うということで……。

大人になって何かをつかんだ喜びは、ここまでやったという思いと、ここまでしかやれなかったという思いを、同時に思い知ることでもある。

でも……そのつかんだ何かが、たとえ小さくとも、確実にここにあるのだとしたら……。

つかんだ自分に誇りを持とう。

勇気を出して何かを選んだ、過去の自分をほめてやろう。

よく頑張って生きてきた、そう言ってやろう。

そして〝これから〟を、夢見よう。

世界を嘆くのではなく、世界を信じるんだ……。

だって私だって、その世界の一員なのだから……。

四十八歳の若造は……今、そんなふうに思う。

人生とは、自分の未来に恋をすること。

ひとりでするのがつまらなければ、誰かと一緒に未来に恋をしよう。

友であれ、恋人であれ、夫婦であれ、家族であれ……隣に気の合う誰かがいてくれさえすれば、人生はさらにファンキーになるはずだ――。


食事のあとは長倉家のアルバムを見ながら盛り上がった。和平の自称湘南ボーイ時代の写真に爆笑し、十代の真平のイケメンぶりに女性陣がため息をつく。みんなが年齢を重ね、家族が増えていく。やがて写真のなかに千明が登場し、知美や秀子も加わっていく。

長倉家の歴史のなかに自分がいることが、千明は面はゆくもあり、うれしくもあった。

アルバムをしまい、みんなコーヒーやお茶を飲みながらまったりしはじめる。千明が今日の撮影でNGを連発した典子の緊張ぶりをからかうと、万理子が言った。

「千明さんは典姉の本当の恐ろしさをまだご存じないようで」

「え？　じゃ何？　あれはわざと？　一回でＯＫだとすぐ終わっちゃうから？」

「ハルキさんと一緒にいる時間を引き延ばしていたと私はにらんでおります」

「まぁね」と典子が認めた。

「はぁ……そんなことしたところでさ、どうにも」

千明の言葉をさえぎるように、典子が一枚のメモを見せる。そこには携帯の番号が……。

「マジで？」

「フフ……これは女としての荒野への招待状」

典子が不敵に微笑んだとき、広行が帰ってきた。典子がオーディションの首尾を訊ねると、何ごともなかったかのように、言った。

「受かっちゃった」

まさかの映画デビューかと全員がのけぞる。

「撮影はいつなの？　どこでやるの？」

「それがさ、すぐ行くんだけど……三か月ほどアリゾナの荒野で撮影」

「荒野？」

「うん。本当の荒野で、ハハハ」

もしかしたら、この人はスゴいのか……？

「よかったじゃないですか、荒野に行けて、ねえ」

「しかもお金もらって荒野に行けるなんて、ねえ」

和平と千明が口をそろえる。

「でも、断った」

あっさりと信じられないことを言う広行に、「なんでよ」と典子が詰め寄る。

「やっぱり荒野はお金もらって行くもんじゃないしね。それに、今、何年かに一回くらい来るさ、夫婦とか家族とかいいなっていうモードに入っちゃってて……今、楽しいんだよね、典子といるのが。だから、断った」

「……なんなのそれ……バカじゃないの」

そう言いつつも典子の顔はうっすらと赤くなっている。

「へへ、すみません」

典子は手にしていたメモを見て、それをぐしゃっと握りつぶす。

「そっか、わかった……荒野はお預けか」

「うん」

ぐしゃぐしゃのメモをもう一度見ると、典子はそれをポケットに入れた。

その瞬間、千明と和平が同時にツッコむ。

「しまうのかよ！」

気がつくと千明と和平、ふたりだけになっていた。テーブルの上には冷えた日本酒。クランクインをお祝いして、とっておきの大吟醸を和平が出してきたのだ。うまい酒は幸せな気分をさらに引き上げ、千明はわけもなく笑ってしまう。

「いいですよね、長倉家は」

「そうですか？　ありがとうございます。でも、あなたのおかげですよ」

「私？」

「ええ。以前から変わらずここで生きてきましたけど、あなたが越してきてから、なんか止まっていた時計が動き出したような感じがします」

「へえ」

「まぁ、その時計、合ってないっていうか、ヘンな進み方なんですけどね。なんていうか」

「あぁ、ファンキーな時計ね」

「そうそう」と和平が笑顔で頷く。

「すみませんね、なんか」

「いえいえ。楽しいですよ。ファンキーってそういう意味でしょ？」

「そうですね」

千明は酒の杯を空け、あらためて確かめるように、言った。「でも、いいですよ、やっぱり長倉家は。つまり、長倉和平はいい。あったかいっていうんですかね。あ、でもね、温泉とかの、ぽかぽかしたあったかさとは違うんですよ。なんていうんだろうな……生ぬるいんですよね」

「生ぬるいって……ほめてないじゃないですか、それ」

「なんでですか？」

「なんでってなんとなくあんまりいい意味につかわれないっていうか」

「だって、温泉みたいに熱かったら、ずっと入ってらんないじゃないですか。だから生ぬるくてちょうどいいんですよ」

「なるほどね。でも、ぬるいでよくないですか？　生ぬるいって、生つけなくても」

「生がついたほうがいいんですよ。生絞り、生レモン、生ビール……生があったほうが、いいでしょ？　生きてるって感じがするでしょ？　生きてるって書くんだから、生は」

「はぁ、なるほど」

「生ぬるい男、長倉和平」

自分で言って、自分で爆笑する千明に、「全然うれしくねぇ、なんだそれ」と和平は苦笑する。

「生ぬるいのがね、案外求められるんだよ。熱いのはキツい、この年になると。だからモテてるんですよ、長倉和平」

「私はあれ、モテてるんですか？」

「モテてるじゃゃん。私もうれしいっすよ」

「え？　うれしいんですか？」

「自分の好きな男がですよ、モテなかったらイヤですよ。モテなきゃダメ。だってさ、全然人気のないレストランはさ、そりゃすぐ座れるけど、うまいもん出てこないでしょ」

「ん？　それどういう意味ですか」

「まあいいから、お酒なくなったから何か出してください。ほら、あの生絞りの」

「え？　生絞り？　ありましたっけ、そんなの」と和平がキッチンに向かう。

あ～、気持ちいいなぁ。

酔いに身を任せ、千明は心の窓を全開にする。お酒を持ってキッチンから戻ってきた和平に向かって、思いがどんどん口から漏れていく。

「ていうかさ、なんかここんとこさ、今朝とかのあれはなんすか？」

「なんすかってなんすか」

「一緒に暮らそうとかさ、もう老夫婦みたいなもんだとか言っちゃってさあ」

「意味なんかないっすよ」

「意味なく言うな！　意識するじゃんか」

「そうなの？　意識しちゃったの？」

「しちゃったよ、もう！」と千明は意外に乙女な自分に笑う。「いいか、長倉和平。そばにいろよな、私の」

「いますよ、言われなくたって。隣なんだから」

「つまんねえ！　そういうことを言ってんじゃねえだろ」

「わかってて言ってんだよ」

「あ、そうか。ハハハハ」

「吉野千明こそ、そばにいろよな。わかったか」

「いるよ。隣なんだから」

同じボケのくり返しに、和平は笑った。「たしかにつまんねえ」

「ていうかね、私、されたことないんだけどさ」

「何が？」

「悔しかったらな、プロポーズくらいしてみろよ」

「あぁ、いいですよ」と和平は千明に向き合う。「俺と結婚しろ！　吉野千明」

「やだね」

「なんだそれ、なんだそれ」

「そういうことじゃねえんだよ」

「わかってるよ、そんなことは。どんだけ惚れてると思ってんだよ、俺が。わかってんのか」

「はぁ？　冗談じゃない。それはね、こっちのセリフだよ。絶対負けてない」

「なんでいちいち勝負すんだよ。ただな、吉野千明、これだけは言わせてもらう」

「聞いてやろうじゃねえか、ん？」

「ほかの男と結婚するのは許さないからな。わかったか」

「わかりました！」と千明はお茶目に敬礼してみせる。「予定はございません！」

噴き出す和平に、自分も笑いながら千明がツッコむ。

「そこでギュッと抱きしめるとかしないのかよ」

「いいですよ。抱きしめてやろうじゃないですか。覚悟しろよ」

「よし来い、長倉和平」

「行くぞ、吉野千明」

和平は両手を広げ、そして千明を抱きしめた。

「……千明」

「……和平」

しかし五秒ももたなかった。大笑いしながら、体を離す。

こうしてお互いへの愛を語り合ったふたりだった。

人生って、何が起こるかわからない。

だって四十六歳の私より四十八歳の私のほうが若い気がする。

吉野千明、四十八歳。長倉和平、五十二歳。足して百歳。

こうなったら、目指せ、足して二百歳！

人生まだまだファンキーだ。

ソファで寄り添い眠るふたりを、朝のやわらかな陽射しが照らしている。

和平の肩に頭を乗せた千明が、ふっと幸せそうな笑みを浮かべた。

Cast

吉野千明……………………小泉今日子

長倉和平……………………中井貴一

長倉真平……………………坂口憲二

長倉万理子 …………………内田有紀

AP 三井さん ………………久保田磨希

田所 勉 ……………………松尾 諭

大橋知美……………………佐津川愛美

長倉えりな …………………白本彩奈

武田 誠 ……………………坂本 真

飯田ゆかり …………………広山詞葉

篠原 淳 ……………………鈴木貴之

水谷 翔 ……………………田中碧海

高山涼太……………………加瀬 亮

一条さん……………………織本順吉

伊佐山良子 …………………柴田理恵

水野祥子……………………渡辺真起子

荒木啓子……………………森口博子

水谷広行……………………浅野和之

原田薫子……………………長谷川京子

水谷典子……………………飯島直子

〈 TV STAFF 〉

脚本：岡田惠和

音楽：平沢敦士

主題歌：浜崎あゆみ「Hello new me」(avex trax)

劇中歌：「T 字路」

作詞・作曲　横山 剣

歌　小泉今日子 & 中井貴一

プロデュース：若松央樹　浅野澄美（FCC）

演出：宮本理江子　加藤裕将　宮脇 亮

制作：フジテレビ　ドラマ制作部

制作著作：㈱フジテレビジョン

〈 BOOK STAFF 〉

脚本：岡田惠和

ノベライズ：蒔田陽平

装丁・本文デザイン：竹下典子（扶桑社）

校正：小出美由規

DTP：明昌堂

続・最後から二番目の恋

発行日　2025年5月1日　初版第1刷発行

脚　　本　岡田惠和
ノベライズ　蒔田陽平

発行人　秋尾弘史
発行所　株式会社扶桑社
〒105-8070　東京都港区海岸1-2-20 汐留ビルディング
電話　03-5843-8842(編集部)
03-5843-8143(メールセンター)
www.fusosha.co.jp

企画協力　株式会社フジテレビジョン
印刷・製本　中央精版印刷株式会社

Printed in Japan
ISBN 978-4-594-10063-6